最後にひとつだけお願いしても
よろしいでしょうか4

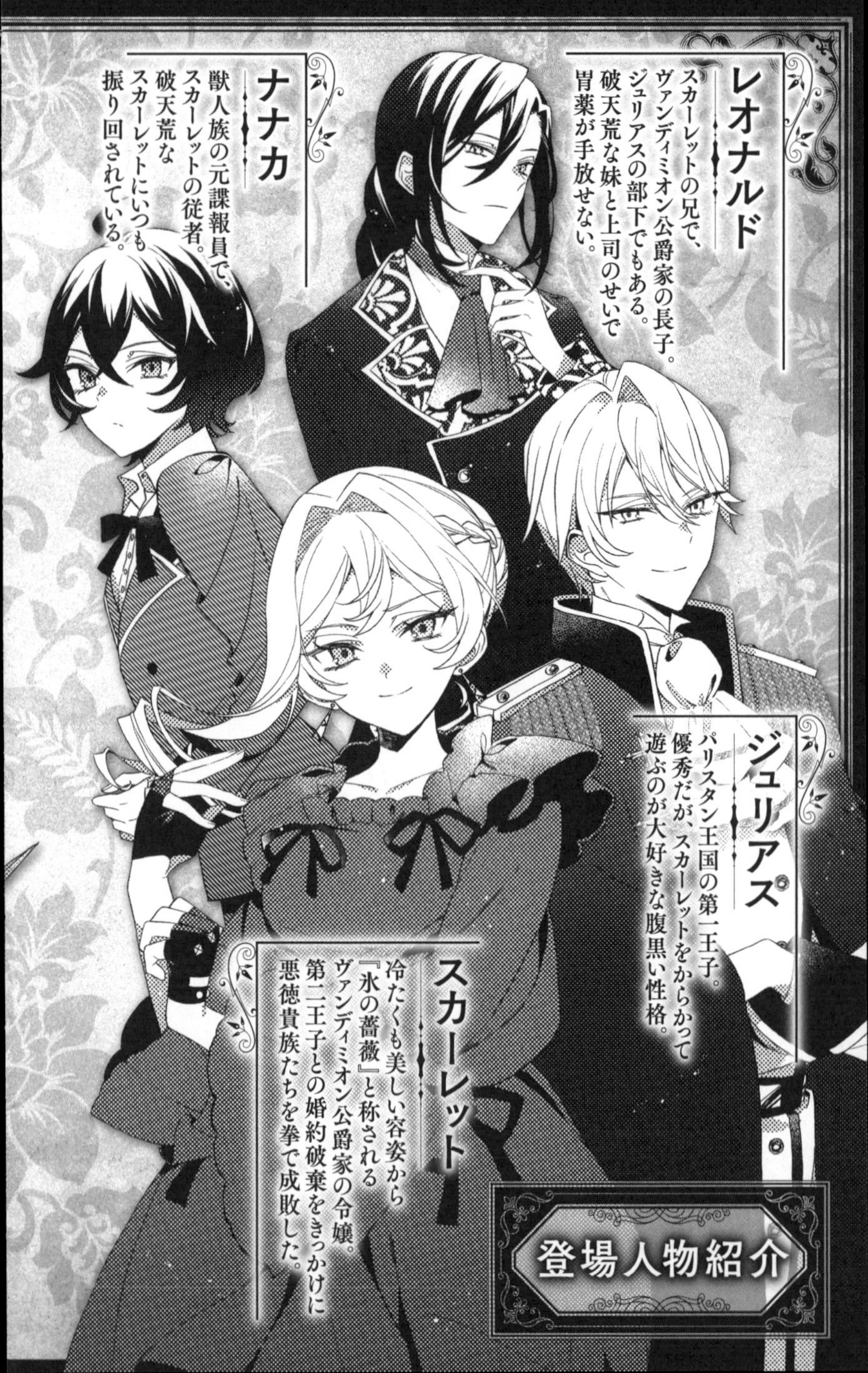
登場人物紹介
レオナルド
スカーレットの兄で、
ヴァンディミオン公爵家の長子。
ジュリアスの部下でもある。
破天荒な妹と上司のせいで
胃薬が手放せない。
ナナカ
獣人族の元諜報員で、
スカーレットの従者。
破天荒な
スカーレットにいつも
振り回されている。
ジュリアス
パリスタン王国の第一王子。
優秀だが、スカーレットをからかって
遊ぶのが大好きな腹黒い性格。
スカーレット
冷たくも美しい容姿から
『氷の薔薇』と称される
ヴァンディミオン公爵家の令嬢。
第二王子との婚約破棄をきっかけに
悪徳貴族たちを拳で成敗した。

ヴァルガヌス
ヴァンキッシュ帝国の後継者候補の一人。なにやら企んでいるようだが――？
アルフレイム
竜の住まう国・ヴァンキッシュ帝国の皇子。スカーレットのことを『業火の花嫁』と呼び、求婚している。
ヘカーテ
ヴァンキッシュ帝国の黒竜姫。スカーレットに思うところがあるようで――？

第一章　我が愛しのかがり火よ。

――人間と竜が共に生きるなど、できるわけがなかろう。

人間は脆弱《ぜいじゃく》で愚かで短命じゃ。強大で賢く、長命な竜とはまるで真逆の存在といっていい。

生物としての格が違う我らが、なぜ人を背に乗せなければならない？

たとえ千年先の未来で、他の竜共と同じように妾《わらわ》が知恵を失い、人化できない憐れな〝飛竜〟になれ果てようとも。

妾は生涯《しょうがい》、人間に心を許すことはない。決して、一度たりとも。

「黒竜《こくりゅう》の姫よ！　今日こそ、その背に私を乗せてもらうぞ！」

洞窟《どうくつ》の外からやかましい男の声が鳴り響く。またあの人間じゃ。

突然妾のねぐらに一人でやって来るなり「背に乗せろ！」と言ってきた、仕立ての良い朱色《しゅいろ》の着物を纏《まと》い、燃えるような赤髪をしたやけに偉そうなふざけた男。

無視していればその内諦めるだろうと寝たフリをしていたら、強引に背に乗ってこようとしたから、尾で薙《な》ぎ払ってやったのが半年程前だったか。

全長十メートルにも及ぶ、妾の尾による一撃じゃ。おそらくは全身の骨が粉々に砕け散ったであろう。

それだけ痛い目を見れば、さすがにもう二度とここに来ることはないだろうと思っていた。

だが一か月後、男は全身に包帯《ほうたい》を巻いたミイラのような姿で再び私の下へ現れた。そして開口一番に一言。

「照れ隠しに殴るとは愛《う》いヤツめ！　だがお前の気持ちも考えず、強引に背に乗ろうとした私も性急だった！　故に今一度改めて告げよう！　黒竜《こくりゅう》よ、私と番《つがい》になり、生涯《しょうがい》を共に――」

蹴り飛ばした。洞窟《どうくつ》の外まで。

男はそれからも毎日のようにやって来ては「背に乗せろ！」と喚き立て、妾に殴られては包帯《ほうたい》人間になって戻ってきた。

いい加減にしろと、先日ついに死なない程度に炎の吐息《ブレス》を吹きかけて黒焦げにしてやったというのに、また性懲りもなくやって来るとは……一体なんなのじゃあの人間は。

「寝ているのか？　まだ日も落ちていないというのに、まったくとんだ眠り姫だなお前は」

地面の岩肌に寝そべった体勢のまま片目を開く。

片手に松明《たいまつ》を持った男は、意外なことに肌にわずかな火傷痕が残っているだけでピンピンとしていた。

こやつ……炎への耐性でも持っていたのか。加減せずに焼き尽くしてやればよかった。

「なんだ、起きているではないか。寝ていたら今度こそ背に乗ってやろうと思っていたのに」

相も変わらずふざけたことをほざくこの男に、思い切り尾を叩きつけてやろうかとも思ったが。

どうせ何度殴られようが死なない限りこやつは何度でも戻ってくる。面倒になった妾は再び目を閉じて、この男の前で初めて声を出した。

「帰れ。次に来たら殺す」

「!?」

男が驚いている気配が伝わってきたが、知ったことではない。妾は体を丸めて、男に妨げられた眠りに再びつこうとして――

「お前は最高だ！　黒竜《こくりゅう》の姫よ！」

「!?」

男が叫びながら両手を広げて妾の頭に抱き着いてきた。この男、人間の分際で千年を生きる竜である妾の顔に触れるとは！

衣服や言葉遣いからおそらく貴族であろうこの男を殺せば人間の国と揉めると思い、今まで加減をしてやっていたが、もう我慢がならぬ！

妾は大きく口を開き、男を噛み殺そうとして――

「幼き頃から逢瀬《おうせ》を夢見ていた！　その翼は蒼穹《そうきゅう》の果てに広がる天を翔《か》け！　その瞳は人智《じんち》を遥かに超えた叡智《えいち》を宿す！　伝説の中だけに語られてきた人語を解す古代竜《こだいりゅう》！　それが我が愛しの黒《こく》竜《りゅう》姫だったとは！　こんなに嬉しいことはないぞ！　最高だ！　はははは っ！」

心底嬉しそうにしているその男の様子に、妾は口を閉じるのをやめた。

幾度《いくど》となく殺されかけ、今もいつ殺されてもおかしくない状況なのにもかかわらず。

まったく警戒すらせずに、妾の閉じた口に頬擦《ほおず》りをするバカな男のその振る舞いに、なんだか殺すのがバカらしくなってしまった。

「……離れろ鬱陶《うっとう》しいヤツめ。ハエか貴様は」

「はっ⁉　私としたことが！」

我に返ったのか男は慌てて妾の口から飛びのいた。胸に手を当て深く頭を下げた男は、申し訳なさそうに言った。

「淑女《レディ》に対して大変失礼なことをしてしまった……！　あまりの喜びについ我を忘れてしまってな……ここに深く謝罪しよう。許せ、姫よ」

「姫、姫とやかましい。おかしな名前で妾を呼ぶでない。踏み潰すぞ」

「その気品を感じる声音と口調！　やはりお前は姫であったな！　顔立ちを見てそうではないかと思っていたが、私の見立てに間違いはなかった！　これも愛がなせる技よな、黒竜《こくりゅう》の姫よ！」

「言葉が通じぬのか、貴様……」

前足で立ち上がって男を見下ろす。

妾が身を起こしたところを初めて見た男は、子供のように目を輝かせていた。何を期待しているのかは知らぬが、人間の愚かな好奇に応えるつもりは毛頭《もうとう》ない。

「我が背に乗って、なんとする」

「……？」

妾の問いかけに、男は眉根《まゆね》を寄せていぶかしげな顔をする。その瞬間、妾は翼を広げ大きく口を開けて怒声をあげた。

恐怖に怯えたこの人間が、二度とここに訪れることがないように。

「どうせ貴様も他の人間と同じであろう！　竜を乗騎として扱い、戦いの道具とし、力を誇示《こじ》したいだけじゃ！　妾のような力のある竜を手なずけられれば、さぞ国では喜ばれるであろうからな！違うか！」

妾の声に空気が震え、大音声が洞窟《どうくつ》を揺らす。

「長き時を経て知恵を失い退化した他の竜がどうあろうとも、妾だけは決して人間などには従わぬ！　人間は愚かで、脆弱《ぜいじゃく》で、すぐに死ぬ！　そのような下等な生き物を背に乗せるなど、たとえこの身朽ち果てようともあり得ぬことじゃ！」

嵐のような私の叫びが吹き抜けた後、男は呆然とした顔で立ち尽くしていた。ようやく身の程を知ったのであろう。

吹けば簡単に吹き飛んでしまう小さな人間と、強大な力を持つ竜である私が相容れることなど、決してありえないということが――

「美しい……なんと美しいのだ、我が愛しの姫よ……」

「……は？」

男は泣いていた。泣きながら、笑っていた。

そして困惑する妾の前でひざまずき、高らかに歌うように言った。

「お前の美しい漆黒《しっこく》の鱗《うろこ》は、どんな闇の中にあっても鮮やかに輝き一目で私の心を虜《とりこ》にする黒き真珠のよう……」

男がゆっくりと立ち上がり両手を広げる。

自分の言葉に感極まったのか、両目からはとめどなく涙が溢れていた。

「お前の気高き心は、どんなに荒れ果てた荒野《こうや》にあっても決して手折られることなく力強く咲き誇る一輪の花のよう……」

妾の目をまっすぐに見ながら、男は真剣な表情で続けた。

「黒竜《こくりゅう》の姫よ。私は帝国の皇帝でありながら、一目お前の姿を見た瞬間に心を奪われてしまった。そして言葉を重ねて、お前の心に触れた今……すべてをなげうってでも共にありたいと願っている。戦わなくとも良い。いや、むしろ戦うな。戦ってその美しい鱗《うろこ》に傷一つつけることなどあってはならぬ」

男は妾の足元に近づいてくると、ひざまずいて足の爪先に口づけをする。

そして手を差し出して、初めて出会った時のようにその言葉を口にした。

「黒竜《こくりゅう》よ。私と番《つがい》となり、生涯《しょうがい》を共に生きてくれ」

番《つがい》――オスとメスが常に共にあること。つまり、夫婦になるということじゃ。

ここにきてようやく妾は理解した。この人間が口にする言葉は、何一つ嘘偽りがない本心なのだということを。

この人間は同種の生き物に対するそれと同じように、恋愛対象として竜である妾のことを見ているのだということを。

「正気か貴様。短命な人間ごときが、どのようにして悠久《ゆうきゅう》の時を生きるこの妾と生涯《しょうがい》を共にするというのか」

「問題ない！　なぜなら私は不死身だからな！　事実、お前に何度殺されそうになっても立ち上がってきたであろう？」

「番《つがい》になるということは、愛の営みをするということでもある。貴様のその小さな体でどのようにして十メートルにも及ぶ妾と愛を育むというのじゃ」

「無論、我が命を賭して！　お前が求めるいかなる愛の形もこの私、フェルド・レア・ヴァンキッシュが全身全霊をもって応えてみせよう！」

よく分かった。この人間は頭がおかしい。

長き時を生き数多の人間を見てきたが、その中でもこやつはダントツでイカれておる。だが――

「――面白い」

「っ⁉」

妾の身体から大量の蒸気が吹き上がり、竜の身体が人間の娘の身体に変わる。

人化した私のことを見て、男はなぜか落胆したような顔をしていた。

人間となった私の容姿は、人間の男であれば誰しもが見惚れるような絶世の美少女であるはずなのに。

まるでなぜ竜の姿ではないのだ？　と言わんばかりに。やはり頭がおかしいのじゃこやつは。だがそんなところも面白い。

「人間。生涯《しょうがい》を共に生きると言ったな。良かろう。これより妾と貴様の命はやがて朽ち果てるその時まで共にある。これは〝心臓の誓い〟じゃ。いかなる理由があれど、もしこの誓いが遵守《じゅんしゅ》されぬその時は――」

歩み寄り男の目の前で立ち止まる。妾より頭一つ分背の高い男は動揺《どうよう》しているのかこちらを見下ろして硬直していた。

妾は背伸びをして男の唇に口づけをすると、微笑みながら言った。

「――頭から噛み殺す。努々《ゆめゆめ》覚えておくがよい」

赤い天井に赤い床。赤い屋根に赤い壁。皇帝だったあの男が妾のために建てた朱の宮殿、業火宮《ごうかきゅう》。

物々しく囲われることを嫌う妾を気遣って、とても皇帝が訪れる宮殿とは思えない程に無防備な造りになっていて、人間嫌いな妾のために衛兵の一人すら立ち入れない。

妾と数人の侍女だけが暮らすには広すぎる程のその開けた宮殿には、毎日のようにあの男のやかましい声が響いていた。

だが、もう二度とあの男の底抜けに能天気な声を聴くことはない。

もう二度とあの男が……初めて出会った時から少しも変わることのなかった、一生分の憧れを詰め込んだような澄んだ瞳で、妾を見上げてくれることはない。

「……生涯《しょうがい》を共に生きると誓ったのに……愚か者め」

ベッドの上で天井を見上げながら、一人死んだように動かなくなってからもう何週間が経っただろうか。

今日も妾の様子をうかがうため、侍女が部屋の外から声をかけてきた。

「へ、ヘカーテ様。お加減はいかがでしょうか……？」

その声には怯えが混じっている。当然だ。

あの男が魔物の討伐《とうばつ》に失敗して死んだという知らせを聞かされた時、妾は自分でも信じられない程に取り乱し周囲に当たり散らした。

破壊が吹き荒れた後の部屋は廃墟《はいきょ》のようになり、そうなる一部始終を侍女達は目の当たりにしていたのだ。

普通の人間であれば、もう二度と妾の傍に近づこうとは思わないだろう。

どんなに殴られても燃やされても、妾への愛を謳《うた》っていたあの男でもない限りは。

「何か御用がありましたら、いつでもお申し付けてくださいませ。私達侍女は皆、ヘカーテ様のことが心配で――」

「……」

返事をせずにいると、諦めたのか侍女の足音は遠ざかっていった。

それから少しすると、部屋から離れた宮殿の庭先から侍女達の声が聞こえてきた。

「ヘカーテ様、今日もお返事がなかったわ」

「先帝のフェルド様が魔物との戦いで亡くなられてから、もう一月近く経つのに」

「仕方ないわよ。フェルド様はヘカーテ様のことをまるで本当の皇妃様のように愛していたし、へカーテ様もフェルド様だけには心を許していたもの」

「フェルド様も不運よね。ヘカーテ様が一緒に討伐《とうばつ》に行けば亡くなられなかったかもしれないのに」

「それは無理よ。フェルド様はヘカーテ様を一度も戦いに連れて行かなかったもの」

「それだけ大切に思っていたのね」

「おいたわしいわ、ヘカーテ様」

耳を塞いでベッドに顔を埋める。

「……侍女共の言う通りじゃ」

無理矢理にでも妾があの男に――フェルドについていけば。魔大陸《またいりく》からやってくる魔物なぞに後れを取ることはなかった。

いや、そもそも本当に〝心臓の誓い〟を結んでさえいれば、どうにでもなったのだ。だがあやつは言った。私は不死身だと。だから、妾はそれを信じて――

「なにが不死身じゃ！　魔物なんぞにあっさりと殺されおって！」

激した感情のままにベッドの横の壁を拳で叩く。破砕音と共に壁に大きな穴が空いた。

「妾がどれだけ殴っても死ななかったくせに！」

立ち上がり、ベッドを持ち上げて地面に叩きつける。木製のベッドは木片を周囲にまき散らしながら砕け散った。

暴れたのはこれで二度目だ。侍女達はますます妾を恐れて近づかなくなるだろう。

だがもうどうでも良い。フェルドが……唯一妾が心を許した人間がいなくなったこの国で。誰にどう思われようが、最早どうでも良かった。

「……もう知らん。帰る」

山奥の元のねぐらに帰るため、乱れた服もそのままに部屋のドアに足を向ける。

その直後、外の廊下から侍女共の慌てた声が聞こえてきた。

「お待ちください！　若様！」

「今ヘカーテ様はお身体の調子が――」

続いて、その声を振り切るように、荒々しい足音が妾の部屋に近づいてくる。

足音の主は妾の部屋の前に立つと、入り口のドアを吹き飛ばすように遠慮なく開け放った。

「美しい女人よ！　貴女が黒竜《こくりゅう》の姫に相違ないか！」

そこに立っていたのは、赤髪のやけに偉そうな態度の童《わらべ》だった。

皇族が着るような豪奢《ごうしゃ》な布の衣服を身に纏《まと》い、若様と呼ばれていたから、おそらくは現皇帝となったバーンの息子のいずれかであろう。

童《わらべ》は腕を組み仁王立ちをしながら破壊された部屋を見渡すと、動じた様子もなくうなずいた。

「うむ。この明らかに人外の者の手によって破壊されたであろう部屋の様子を見るに、貴女で間違いなさそうだ。それにしてもまた豪快にやったものだな！　ふははは――」

「どけ」

尾を生やして童《わらべ》の身体を薙《な》ぎ払う。

「ぐふっ⁉」

横腹を妾の尾で殴られた童《わらべ》が吹き飛び、壁に叩きつけられた。

「妾は国を出る。二度とここには帰らぬ」

床に崩れ落ちるようにうずくまった童《わらべ》から返事はない。加減はしたがおそらく骨くらいは折れているであろう。

フェルド亡き今、後ろ盾のない妾が皇族に手を出したと知れればおそらくはただでは済むまい。だがもうそれもどうでも良い。もしこの国の人間共が妾を討伐《とうばつ》に来るのであれば全員――

「これが祖父殿が健康のために毎日食らっていたという黒竜《こくりゅう》姫の愛情表現か！　なるほど、これは良い！　将来腰痛になった際には私も世話になるとしよう！」

「⁉」

童《わらべ》が何事もなかったかのように立ち上がった。

やせ我慢ではない。打ち身や擦り傷こそあれ、骨には何も異常がないようだった。

「貴様、一体――」

「――すまなかった」

童《わらべ》が深く頭を下げる。意味が分からない。こやつは一体、私に対して何を謝罪して――

「祖父殿が亡くなられたのは、私のせいだ」

「……なんだと？」

童《わらべ》は顔を上げ、真剣な顔で妾の目を見た。

燃えるような赤い髪と赤い瞳。孫というだけあって、その顔には私と出会ったばかりの若い頃のフェルドの面影《おもかげ》があった。

「魔物の討伐《とうばつ》に行く前日、私は祖父殿から鋼鉄《こうてつ》の神メテオールの加護を継承した。皇族のみに伝わる秘伝の継承術によってな」

「……あ」

その言葉に、今まで不思議に思っていたことがすべて腑《ふ》に落ちた。

鋼鉄《こうてつ》の神メテオールの加護。その効力は、身体を鋼鉄《こうてつ》のように固くし、物理的な攻撃から身を守る。そして――

「……道理で妾の吐息《ブレス》で焼かれてピンピンしているわけじゃ」

――火に対する強力な耐性を得る。

あのペテン師め。なにが不死身じゃ。加護がなければただの脆弱《ぜいじゃく》な人間だったくせに。

どうせ自分に似た孫をかわいがるあまり、調子に乗って加護を譲ったのであろう。

それで無謀にも魔物の討伐《とうばつ》に出かけて死ぬとは、本当に救い難い間抜けじゃ。

「もし祖父殿が加護を持ったままだったならば、魔物にやられることはなかっただろう。すまなかった。この程度で貴女の気が済むとは思えないが、恨みがあるのならばすべて私に――」

「……揃いも揃って間抜けばかりじゃな、ヴァンキッシュの皇族は」

童《わらべ》の頭に手をかざし魔法で怪我を治癒《ちゆ》する。目を丸くして驚いている童《わらべ》に、妾は言った。

「あの男の命知らずっぷりは筋金入りじゃ。ジジイになっても最前線で戦うようなアホでは、加護があろうがなかろうがいずれは命を落としていたであろう。それがただ少し早かっただけの話じゃ」

そうじゃ。妾は何を勘違いしていたのか。分かっていたではないか。人はいずれ死ぬと。

それなのにあやつの言動があまりにも破天荒で。死という概念すらも覆してしまいそうな程にバカだったから。

信じてしまった。信じたくなってしまった。事実から目をそむけて、すがってしまった。

フェルドこそ……黒い鱗《うろこ》と大きな身体を持つため同族の竜からも恐れられ、孤独に長い時を生きてきた妾と、死ぬまで共に生きてくれる唯一の番《つがい》なのかもしれないと。

「バカはお互い様、か……八つ当たりをしてしまってすまなかったな、童《わらべ》よ」

童《わらべ》の頭に手を乗せる。国を出て行く前に、最後に会えたのがこやつで良かった。

こやつと話さなければ妾はこれから一生、フェルドのことを思い出しては、ぶつけどころのない怒りと切なさに身を焦がしていたことであろう。

「ではな。フェルドのようなアホは見習わずに、まともな良き王になるのだぞ」

童《わらべ》の頭から手を離し、横を通り過ぎる。

開いたままのドアから外に出ると、不意に背後から抱き着かれた。

振り返ると、童《わらべ》が小さな身体で抱え込むように妾を抱きしめていた。

「なんじゃ。謝罪ならもう必要ないぞ。元より童《わらべ》の貴様が謝るようなことでは――――」

「――掴まえた」

振り返った妾に童《わらべ》は勢いよく顔を上げると、満面の笑みで言った。

「掴まえたぞ、黒竜《こくりゅう》の姫よ！　今より貴女は私のものだ！　だから国から出て行くことは許さん！　いいな！」

「……は？」

困惑しながら童《わらべ》を見ると、大好きな玩具を見つけた子供のような目で妾を見上げている。

その目が、その顔が。出会った時のフェルドと重なった。

「白状するとだな、私は以前よりずっと、他のどの飛竜よりも雄大で美しい貴女の背に乗って、空を翔《か》けてみたかったのだ。だが祖父殿が、自分が生きている間は絶対に他の者は乗せてやらんと頑として譲らなかった。だから今までずっと我慢してきたのだ」

童《わらべ》はうつむき、握りしめた拳を震わせながら言った。

「祖父殿が亡くなられたことは残念に思う。当然、傍にいた貴女が最も気を落としていることだろう。だからしばらくの間は自分の気持ちは抑えておこうと思っていた。だが――」

勢いよく顔を上げた童《わらべ》は、訴えかけるような必死な表情で叫ぶ。

「生来より堪え性がなかった私は今朝、ついに我慢が限界に達し、いても立ってもいられなくなってここに押しかけてしまったのだ！　貴女の背に乗るためにな！　だというのにだ！」

一々歌劇のセリフのように身振り手振りで語る童《わらべ》に、つい口元がほころんでしまう。

大げさなヤツめ。いや、フェルドも妾に求婚してきた時は、似たようなものだったが。血は争えぬということか。

「顔を合わせるなり貴女は国を出て行くという！　それは物心ついた時より空を舞う貴女の姿に恋

焦がれ、ずっとこの瞬間を待ち望んでいた私に対してあまりにも無慈悲な行いだとは思わんか⁉」

「口説き文句まで似たようなことを言いおって……貴様、先程自分のせいでフェルドが死んだと言っておきながら、死んだ途端にこれ幸いと妾を自分のものだと言い、あまつさえ背に乗せろなどと。あつかましいにも程があるとは思わぬのか？」

「謝罪せずとも良いと言ったのは貴女だぞ！　それに――」

童《わらべ》はドン、と自らの胸を拳で叩く。

そして昂る感情を閉じ込めたかのような、熱を帯びた声で言った。

「祖父殿は死んだが、その力と意志は私の中で生きている。私が死んだ後は、また次の強者が引き継ぐであろう。そうやって人は、肉体が朽ち果てた後も力と意志を伝えていくことで悠久《ゆうきゅう》の時を生きるのだ」

力と意志を伝えることで、悠久《ゆうきゅう》の時を生きる。

フェルドが言っていた妾と共に生きるというのは、それを見越したことだったのやもしれぬな。

そうでなければ何千年も生きる竜と生涯《しょうがい》寄り添う誓いを立てるなど、気が触れた者の戯言《ざれごと》にも程がある。

まったく……腹立たしい男だ。

あの男は妾に、たとえ肉体が滅びようとも自分が残した力と意志が消え去るその時まで、妾と共に生きようと、そう言っておったのだ。

やはりあの時噛み殺しておくのだったな。

「祖父殿は魔大陸からやってくる魔物や、虎視眈々《こしたんたん》と我が国を狙っている周辺の強国の手から、この国と大切な者達を守るために命を賭していた。その意志を引き継ぐためには私の力だけでは到底足りぬ」

童《わらべ》が妾の足元にひざまずく。あの日、フェルドが妾に求婚した時のように。

「黒竜《こくりゅう》の姫、ヘカーテよ。我が翼となり、共に空を翔《か》けてくれ。この国を守るために」

この童《わらべ》はきっとフェルドと違って妾と生涯《しょうがい》を共にする番《つがい》になるつもりはない。

妾を手に入れたいのも、軍事力の強化といった打算的な考えがあってのことだろう。

人間の都合など妾にとってはどうでも良いし、この国がどうなろうが知ったことではない。

だが――

「――物足りぬな」

この童《わらべ》がフェルドの力と意志を受け継ぐ者と言うのならば。

共に生きると〝心臓の誓い〟を立てた番《つがい》である妾は見届けなければなるまい。

「フェルドの力と意志を受け継ぎ、この国を守る？　だから手を貸してくれ？　他人の力をあてにし、他人の意志に縛られて生きるだけの矮小《わいしょう》で脆弱《ぜいじゃく》な人間を、妾が背に乗せると思うたか？」

フェルドの生きた証がこの世界から消え去るその時まで。

「妾を従えたくば、己が意志を示してみよ。このヘカーテが背に乗せるに足る程の、鋼鉄《こうてつ》よりも固く、燃え盛る炎のごとく強き意志をな」

「……フッ。どうやら貴女を手に入れるためにはうわべだけの言葉ではなく、己が内をつまびらかにするほかないようだ。では告げるとしよう、未だ誰にも語ったことのない我が野望の灯《ともしび》を！」

童《わらべ》は獣のような野蛮《やばん》な笑みを浮かべると、私の両手を強引に引き寄せた。

そしてもう離さぬと言わんばかりに強く握りしめてくると、目を見開き、喉も張り裂けんばかりに秘していた思いの丈《たけ》を叫んだ。

「私はヴァンキッシュの皇帝になる！　そして、先帝フェルドの意志を受け継ぎ、ただ国を守るだけではなく！　圧倒的な力をもってすべての国を屈服させ、ヴァンキッシュを世界一の強国とし！　千年先、二千年の未来にもロマンシア大陸の歴史にこの名を轟《とどろ》かせよう！」

童《わらべ》の瞳の中に、業火《ごうか》のごとき野心の炎が燃え盛っているのが見えた。

これが内に秘していた本性とは、なんという傲慢《ごうまん》な人間か。

フェルドのような好戦的なれど本質的には平和を愛していた男とはまるで違う。

まだ童《わらべ》なれど、この男の野望はいずれ大陸に大火を巻き起こすであろう。

「我が名はアルフレイム！　ヴァンキッシュ帝国第一皇子、アルフレイム・レア・ヴァンキッシュである！」

このような男と共に行けば、行きつく先は果てのない永遠の闇か、すべてが灰燼《かいじん》と化した煉獄《れんごく》か。

待ち受けているのは無限に続く血風と鉄の匂いにまみれた地獄のような戦場だろう。正直、正気の沙汰とは思えない。だが――

「――面白い」

久方ぶりに心が震えた。あまりのバカらしさに。

ロマンシア大陸におけるヴァンキッシュ帝国の立ち位置はその実、とても微妙で危ういものだ。常に魔大陸から海を越えてやってくる魔物の脅威に晒されているため、大陸最強の空戦能力を持つ飛竜の大半をどうしてもそちらに割かざるを得ない。

終わらない戦いの中で勇猛《ゆうもう》な戦士達は命を散らしていき、人口は徐々に減少の一途をたどっている。フェルドが他国との争いよりも、自国を守ることに力を入れていたのも、そういった事情があった故のことだった。

それなのにこの童《わらべ》はあろうことか、守るだけでなく、すべての国を力でねじ伏せるとほざきおった。あまりにも現実味がない、童《わらべ》の戯言《ざれごと》じゃ。

だがこやつは、アルフレイムはそれを本気でなそうとしている。なせると思っておる。

「千年の既知《きち》を超えて妾の心を震わせたのは、貴様で二人目じゃ。妾が背に乗せる男とは、そうでなくてはの」

身をかがめて、アルフレイムの額に口づけをする。

「これは〝魂の誓い〟じゃ。これより貴様と妾は、その身朽ち果てるその時まで――いや」

妾の手を握るアルフレイムの指に、自分の指を絡める。もう二度と、決して離れぬように。

「その意志と力が消え去るその時まで共にある。いかなる理由があれど、もしこの誓いが遵守《じゅんしゅ》されぬその時は――」

こうして妾は、業火《ごうか》の貴公子《きこうし》の翼となった。千年先、二千年先の未来まで続くであろう、我が番《つがい》の意志と共に生きるために。

「――頭から噛み殺す。今度こそ、忘れるでないぞ。我が愛しのかがり火よ」

ドーン……と、遠くから聞こえてくる騒々しい喧噪《けんそう》に目を覚ました。

窓から差し込んでくる日差しに、重たい瞼を開く。

業火宮に戻ってきた後、自室のベッドでまどろんでいる内にいつのまにか寝てしまったらしい。

長い間人化したままでいたのが響いたか。後で一度竜の姿に戻って、体内に澱《よど》んだ魔力を発散しなければなるまい。

「それにしてもあの女……スカーレットとかいったか」

以前はアルフレイムに対してまったく興味がなさそうな顔をしておったくせに、レックスのことがあったとはいえヴァンキッシュまでわざわざやってくるとは。

あの女だけはいかん。一刻も早くこのヴァンキッシュから追い出さなくては。なぜなら――

「あれはアルフレイムが最も好みとする女じゃ……！」

フェルド譲りのおかしな性癖《せいへき》を持つアルフレイムにとって、一般的な人間族の男が女に求めているような容姿や家柄はなんの意味も持たない。

あやつが女に求めている者は自分と並び立つ程の〝強さ〟じゃ。

それは物理的な、腕力や闘争における強さだけではない。

どんな苦境にあっても決して心が折れず、己が意志を貫き通すという強さを持っていることじゃ。

その点、あのスカーレットという女は……認めたくないが意志の強さはいわずもがなとして、信じられぬことに素手で筋肉バカのアルフレイムを圧倒する程の人外級の戦闘能力まで兼ね備えておる。

出会った瞬間に求婚したと本人は吹聴《ふいちょう》しておったが、その様が容易に想像できるわ。

「ヴァンキッシュの女ならともかく、つい最近見知ったばかりの他国の女など妾は絶対に認めんからな……！」

噂によればあのスカーレットという女、素行の悪さから自国の王子に婚約破棄をされたというではないか。

アルフレイムはなにか事情があったのだろうなどと抜かしておったが、妾にはよく分かる。あれは自らの欲求を満たすためであれば、他者を踏みにじることを何とも思わない女じゃ。というか、魔物や人間をブン殴っている時の嬉々とした様子を見ていれば、あの女がまともではないことぐらい一目で気づくであろうに。アルフレイムのアホめ。

「何が業火《ごうか》の花嫁《はなよめ》か……ふん。気に食わぬ」

妾は断じてあの女に嫉妬《しっと》しているわけではない。アルフレイムは妾が唯一番《つがい》と認めた者の孫であり、妾の孫も同然。

そんな孫が悪い女に騙されそうになっているのを黙って見過ごすわけにはいかないだけじゃ。

「だがあの女……」

レックスのことを大切な家族と言った時のあの目。

他者を踏みにじることだけに喜びを感じるような人間が、あのような目をできるものなのか？

本当は自らの信念を貫き、大切な者を守るためならば力を振るうことも厭わず。

しかしそれによって周囲に称賛されることを好まず、つい露悪的《ろあくてき》に振る舞ってしまう。

そんな不器用で、心優しい人間なのではないのか？

「ええい！　余計なことを考えるな！　あの女は稀代《きたい》の悪女じゃ！　そうに決まっておる！　そうでなければ妾はあの女を――」

ドーン！　と、大きな破砕音がして、業火宮が揺れた。

それからさらに立て続けに、ドン！　ドン！　ドン！　と轟音《ごうおん》が響き、その度に宮内が揺れる。

「何じゃ、この音は……？」

最初に聞こえた時は、いつもの侍女共の修練だろうと思って聞き流しておったが、今のはそんな生半可なものではない。

まるで妾に匹敵《ひってき》する巨大な飛竜が宮内で所かまわず暴れ回っているかのような――

「おーい、姫ちん。起きてるー？」

ドアを開けて犬型の竜に乗ったノアが勝手に部屋に入ってくる。こやつ……侍女の分際で主の返事も聞かずに勝手に入ってきおって。

いや、今はそんなことよりも先に聞くべきことがある。

「この騒ぎは何事じゃ」

「あれー？　あの歓迎会って姫ちんが企画したんじゃないの？」

「は？　一体何を言って――」

ドーン!!　と、さらに大きな音が響いた直後。

「うぎゃあああ……!!」

遠くから侍女の絶叫が聞こえてきた。

状況を把握するため目を閉じ、宮殿内のすべての音を聞き逃さないように意識を集中する。

すると、大広間の方から侍女共の足音と雄たけびに混じって、一人だけ、舞踊《ワルツ》でも舞うかのように石畳の上を軽やかに跳ね回る音があった。その音が一つ地を蹴るごとにあり得ない程に大きな打撃音が響き、侍女の絶叫が湧き上がっている。

宮殿に張った妾の結界を破って敵が侵入した……？　いや、それならばノアがこんなところで呑気にしているわけがない。

だとすれば一体——ん？　歓迎会？

「ノア。歓迎会と言っておったが、この宮殿内に今誰か来ておるのか？」

「またまたー。誰って、そんなの決まってるじゃん。業火の花嫁、スカーレ——」

ノアがその女の名を最後まで言うよりも早く、妾は猛スピードで大広間に駆けだしていた。

「あの女ァ！　妾の宮殿に何してくれとんじゃあ！」

◆　◆　◆

「——うぎゃあああ!?」

また一人、私に殴り飛ばされた方が広間の壁に激突して人型の穴を空けました。

まだ数十人はいるであろう私を取り囲んだ女性の方々が、悔しそうな顔で後ずさりします。

頬についた返り血をハンカチでぬぐいながら、私は言いました。

「これで三十九人目の方ですわね。皆様、感謝いたしますわ」

恭《うやうや》しく礼をすると、女性達は皆困惑の表情を浮かべます。

「な、なんでアンタが私達に感謝してるのよ!?」

正直なところ、最初の数人を壁にめり込ませた時点で、この方々は戦意を喪失《そうしつ》されるかと思っておりました。ですが――

「三十九人もの尊い方々が、私の拳の肥《こ》やしとなってくれたことへの感謝のつもりだったのですが……私、何かおかしなことを言ったかしら?」

「っ！　この女ァ！」

「完全にあたし達のことを舐めてやがる！」

「絶対に許さない……！」

一人、また一人と殴れば殴る程に。挑発すれば挑発する程に。

こうして闘志《とうし》を燃やして私に向かってきてくれる。こんなに嬉しいことはありません。

「ヴァンキッシュに来て本当に良かった」

パルミア教の残党《ざんとう》を倒すために紅天竜騎兵団《こうてんりゅうきへいだん》の方々と共闘した時には心のどこかで、もうヴァンキッシュの方々と敵対することはないのかもしれないと思っていました。

この国にやって来た目的も、あわよくばお肉を殴れたらいいなと思いながらも、あくまでレックスの病気を治すためでしたし。

それがまさかこんな事になるなんて……これは言葉だけの感謝では到底足りませんわね。

「私の殴りたい気持ちを尊重《そんちょう》したいという皆様のまごころに感謝を込めて、これからは一人一人、懇切丁寧にブン殴らせていただきますわね」

ポキポキと指の関節を鳴らす私に、皆様が身構えます。

さて、お次はどの方を血祭りにあげて差し上げましょうか——と、思っておりましたら。

皆様の中から、一人の女性が歩み出てきました。

口元にカラスの口のようなマスクをつけた長い黒髪のその方は、ぼそりと小声でつぶやきます。

「——どきなさい。この女の相手は貴女達には手に余るわ」

周囲の女性達が驚きの表情を浮かべる中、さらにもう一人。

ナナカと同じぐらいの小柄な体躯《たいく》ながらも、丸太のように太く巨大な棒を担いだ短髪の女性が出てきます。

彼女は棒を床にズン、と突き立てると、広間に響き渡るような大音声で叫びました。

「——ったく、情けないったらないねえ！　こんなひょろっちい女一人に良いようにしゃしゃられてさあ！　アンタらそれでも業火宮の侍女組かい!?」

二人の登場に今まで劣勢《れっせい》で悔しそうな顔をしていた侍女の皆様が、自信を取り戻したのか一気に沸き上がります。

「来てくれたのね！　業火宮侍女組三竜頭《さんりゅうがしら》！」

「あの人達が来たからにはもうアンタはおしまいだよ！」

湧き上がる歓声に満更でもない顔をしながら、三竜頭《さんりゅうがしら》と呼ばれた侍女のお二人はやれやれと肩をすくめました。

「ちょっと喧嘩が強いだけの女一人に雁首《がんくび》揃えて負け犬っぷりさらしてさあ？　オマエら全員今日で侍女廃業しな！」

「雑魚《ざこ》を相手に好き勝手暴れて調子に乗っているようだけど、これからは私達が雑魚《ざこ》相手に調子に乗らせてもらうわよ。もちろん雑魚《ざこ》っていうのは貴女のことだけど」

まあ頼もしい。これだけ大きなお口を叩くのですから、このお二人はさぞご自分の力に自信があるのでしょう。

これは殴り甲斐がありそうですわね。

「たくさんの方を殴らせてくれるだけではなく、このような愉快な催し物までご用意してくださるなんて。至れり尽くせりとはこのことですわね」

パンと手を軽く叩いて微笑むと、侍女達が怒りの表情で睨みつけてきます。

そんな中、マスクの方がおもむろに人差し指を立ててぽつりとつぶやきました。

「……一分よ」

そのつぶやきに侍女達が「え……？」と困惑の声をあげます。

マスクの方は自らの長い髪を手で弄びながら言いました。

「その調子に乗った顔を見れば分かるわ。貴女、自分のことを特別な存在だと思っているでしょう？　でもそれは勘違い。貴女は狭い井戸の中で広い海を知らずに無様に飛び跳ねていただけのカエルよ。それを貴女に自覚させてあげるのには、たった一分で十分ってこと。お分かり？」

直後、わっ！　と、侍女達から歓声が上がります。

この状況を打破《だは》してくれる救世主の登場に、熱気冷めやらぬといったところでしょうか。

しかし、そんな様子をマスクの方の隣で見ていた小柄な方は「ハッ！」と小馬鹿にするように鼻を鳴らしました。彼女は私から背を向けて侍女達の方を向くと、マスクの方を真似するかのように人差し指を立てます。

「……一撃だ」

その発言に侍女の皆様が顔を合わせてどよめきます。

小柄な方は後ろを向いたまま、顔だけを私の方に向けて顎《あご》をしゃくり上げました。

「無駄な言葉は必要ねえ。身の程知らずのこの勘違い女を、これからアタイが一撃でぶちのめす。よく見ときな女共。この一撃こそが、業火宮侍女組の力の証明だ」

「……っ！」

侍女達から先程よりもさらに大きな歓声が湧きあがります。

この指を立てる仕草、ヴァンキッシュで流行っているのでしょうか。

「では皆様にならって私も」

人差し指と中指の二本を立てて見せます。するとそれを見た侍女達が嘲《あざけ》りの笑みを浮かべました。

「なによそれ。ピースサイン？」

「あまりの勝ち目のなさに気でも触れちゃったのかしら？　あはは――」

「二秒です」

私の言葉でその場が一瞬にして静まり返ります。

小柄な方は私に振り向くと、怒りにぴくぴくと頬をひくつかせて言いました。

「おいオマエ。それはもしかして、アタイ達を――」

「一人一秒で倒すので、お二人合わせて二秒かかるという意味ですわね」

食い気味に言うと、小柄な方のこめかみにビキビキと血管が浮き上がります。

片やマスクの方はうつむいてだらんと腕を下ろすと、人が変わったような低い声でつぶやきました。

「……脇役《モブ》風情が調子乗ってんじゃねえぞ。一分で分からせるって言った私へのあてつけのつもりか？　適当に半殺しにして追い出すつもりでいたが、もうやめだ。テメエは全殺し決定。今更謝っても、もう遅い」

怒りに打ち震えているせいか、マスクのくちばし部分がカタカタと揺れています。

人を煽《あお》るのはお得意でも、煽《あお》られるのには耐性がないようですわね。

「弱い者程よく吠える、と言いますが。貴女達は本当におしゃべりが大好きですのね。ところでそろそろ数え始めてもよろしいですか？　まあすぐに終わってしまうと思いますが。なにしろたった二秒なので」

「上等だコラァ！　やれるもんならやってみ――」

指を立てていない方の拳を振りぬき、圧縮した空気の塊を放って三メートル程の距離に立っていた小柄な方の顎《あご》を打ち抜きます。

「ろおおおん……」

気の抜けた声を漏らしながら、小柄な方が白目を剥いてガクン、と膝《ひざ》から崩れ落ちました。

「一」

一秒経過。人差し指を倒します。

「えっ？」

一瞬遅れて、何が起こったのか分からないマスクの方が隣で膝《ひざ》をつく小柄な方に視線を向けます。

その隙に地面を蹴り、瞬きの間に彼女の懐《ふところ》に接近。

「へ？　あ、ちょ、まっ――」

数を数えるために立てたままの中指を、マスクの方の顎《あご》に差し込み、そのまま勢いよく上に跳ね上げます。

「てええん……」

マスクが吹っ飛ばされて宙を舞います。

顎《あご》を私の指で跳ね上げられたマスクなしのマスクの方は、頭を激しく揺さぶられたせいか、泡を吹いてガクン、と膝《ひざ》から崩れ落ちました。

「二」

中指を倒して数え終えます。丁度二秒で片付きましたね。

さて、皆様の反応は――

「侍女組最強の三竜頭《さんりゅうがしら》の二人がたった二秒で……」

「ば、化け物……」

なにやらお通夜《つや》のようになってしまっておりました。一体どうしたことでしょう。

「おかしいですわね。皆様、ヴァンキッシュ的には今のは盛り上がるところでは……？」

「敵の活躍で盛り上がれるかあ!!」

叱られてしまいました。皆様に馴染めるように、良かれと思って真似をしたのですが。

異国の文化を理解するのは、中々に難しいものですわね。ですが私は諦めません。

これから同盟相手として密接に関わっていくことになるかもしれないヴァンキッシュ帝国。

その地に暮らす人々の文化を知ることは、より深い相互理解のためには避けては通れないことでしょう。

そして今この場において、互いを分かり合うために最も適した方法はたった一つ――

「さあ続けましょうか。私達の明るい未来のために――拳の異文化交流を」

「そんな暴力的な異文化交流の仕方があるかー!!」

ほら見てごらんなさい。私の言葉に対して息を合わせたようなツッコミの嵐。

まるで長年連れ添った親友のような連帯感ですわ。

「この調子であと三、四人殴り倒せば私達、もっと分かり合えますわね。というわけで床と地面と壁、皆様はどちらに埋もれるのがお好きですか？」

手の平に拳を打ち付けながらたずねると、侍女達は焦ったように顔に汗をにじませます。

「くぅ……ま、まだよ！　まだ三竜頭《さんりゅうがしら》にはあの方がいるじゃない！」

「そうだったわ！　さっきの二人は三竜頭《さんりゅうがしら》の中でも最弱！」

「三竜頭《さんりゅうがしら》の面汚《つらよご》しだった二人と違って、あの方は身長二メートル超えの上、私の腰よりも腕回りが太くて、最早女どころか人間じゃないゴリラ並みの圧倒的な肉体《フィジカル》を持った、バキバキの近接特化型侍女《インファイター》なんだから！」

まだそのような殴り甲斐のありそうな方がいらっしゃったのですね。

あら……？　でもその特徴の方にどこかで見覚えがあるような。

「もしやその方とはあの方でしょうか」

侍女達の後ろの壁を指差します。

「はっ！　そうやって隙を作って私達を出し抜こうっていうんでしょ？　その手には乗らないわよ！」

「お生憎様《あいにくさま》！　つくならもっとマシな嘘をつくんだね！」

「そもそもあのバカデカい上に目立ちたがり屋のゴリラ女がそんな目立たない場所にいるわけが——」

「ねえ、ちょっとあれ見て……」

侍女の一人が青ざめた顔で自分達の背後の壁を指差します。

「何よ、アンタまで。一体背後に何があるっていうの、よ……」

渋々振り返った侍女が壁を見て硬直します。

その様子を不審に思った他の侍女達も壁に視線を向けて、あんぐりと口を開けて呆然としました。

そこには部屋に入るなり棒で殴りかかってきた方の一人。巨体の侍女が白目を剥いて壁にめり込んでおります。

ああ、なるほど。この方々は後から部屋に入って来た方々でしたか。

それでは最初に壁にめり込んだあの巨漢《きょかん》の方の惨状《さんじょう》を知らなくても仕方ありませんね。

「嘘でしょ……三竜頭《さんりゅうがしら》が全員、こんな細腕の女一人相手にかすり傷ひとつ負わせられずにやられるなんて」

「これが、業火の花嫁……」

侍女達が壁から振り返って私を見ます。

彼女達の顔からは怒りが消え、その目からは溢れんばかりに浮かんでいた私への敵意が消えていました。

あら……てっきり仲間をやられた怒りでより激しくこちらに向かって来るかと思いましたが。

「あの、皆様……？」

困惑する私に、侍女達は一斉に床に手と膝《ひざ》をつくと、深く頭を下げて土下座《どげざ》しました。

そして、広間に響き渡るような大声で叫びます。

「紅蓮《ぐれん》の花嫁スカーレット様にご挨拶を申し上げますッ！」

侍女達は顔を上げると、目を輝かせて羨望《せんぼう》の眼差しで私を見ていました。

これはいけません。何がいけないのかというと、こんな純粋な憧れの眼差しで見られては、私がこの方々を殴ったらいけないような雰囲気になってしまうではありませんか。

なんとかして元の殺伐《さつばつ》とした雰囲気に戻さなくては……！

「さあ、皆様。気を取り直して殴り合いの続きを始めま――」

「あたし達の完敗です！　どうぞお気の済むまで殴ってください！」

「スカーレット様のように強く美しい、まさに業火宮の理想を体現したかのような女に殴られるなら、アタイ達は本望です！」

「業火の花嫁、スカーレット様！　万歳！」

「万歳！　万歳！　万々歳！」

口々に私を称賛する言葉をさけぶ侍女達。

女性しかいなかったのですっかり忘れておりましたが、そうでした。

バーン様のご意向はどうあれ、元よりこの国ヴァンキッシュは、全ての国民が武道を嗜《たしな》み、強さこそを至高とする脳筋《のうきん》国家でした。

この方々にとっては相手が敵であっても、その強さを認めれば敬意を払う対象となるのです。

久しぶりに思う存分暴力を振るえる機会を得たので、調子に乗って力を見せすぎましたね。

残念ですが、この辺りで異文化交流はひとまずお開きのようです。

「お立ちになってくださいませ。私はもう気にしておりません。それよりも、まずは倒れている方の治療を――」

土下座《どげざ》し続けている侍女の方の手を取り、立ち上がらせようとしたその時。

上方から強烈な魔力の気配を感じて、私は二階に続く階段に視線を向けました。

そこには、怒りに顔をゆがめたヘカーテ様が立っております。

「貴様ら……」

彼女は階段から散々に破壊された広間の床や壁を見渡すと、後ろにのけぞり大きく息を吸い込みました。

それを見た侍女達が慌てて立ち上がり、広間から出て行こうと四方八方に逃げ出します。

何が起こるのか分からず、私が首を傾げる中。

ヘカーテ様は口を大きく開けると、広間を埋め尽くす程の黒い炎の吐息《ブレス》を猛烈な勢いで吐き出しました。

「貴様ら全員妾の宮殿から出ていけえええ！！！」

ヘカーテ様が広間を破壊し、怒り心頭でご自分の部屋に戻られた後。

私とナナカは侍女に二階のとある部屋の前に案内されました。

「ここでいつまでもご自由におくつろぎくださいませ！　なにか御用がありましたらあたし達かお付きの従者に言伝《ことづて》を！　それでは！」

侍女は笑顔でそう言うと、廊下を走って戻っていきました。

広間では今、これ以上ヘカーテ様のご機嫌を損ねないようにと侍女達が破壊された部屋の後片付けをしているので、その応援に向かうのでしょう。

「私達も手伝わなくて良かったのかしら」

「自分達の仕事だからって言って聞かなかったし、良いんじゃないか別に。すぐ直るみたいだし」

私のつぶやきにナナカがなんでもないことのように答えます。

侍女の方いわく、ヘカーテ様の結界内で壊れた壁や床は、術者の魔力が供給される限り自動的に補修《ほしゅう》されるとのこと。

とはいえ、壊れた他の物や汚れは戻らないので、お掃除にはかなり時間がかかりそうでした。

「先程は随分と大人しかったですわね、ナナカは。いつもならすぐに止めに入りますのに」

「いや、ジンがヴァンキッシュでは売られた喧嘩は買わないと舐められるだけだから、スカーレットには殺さない程度であれば殴ってもらっても大丈夫だって言ってたから……」

「まあ、なんて野蛮《やばん》な」

なんということでしょう。ならば私は最初からこの拳を抑える必要などなかったのですね。皆様を殴らないで損しました。もったいないですわ。

「ですがそういうことであれば仕方ありませんね。あまり気は進みませんが、これからは売られた喧嘩はすべて買わせていただくとしましょう。本当に、渋々ですが」

「言ってることと表情がまったく一致してないぞ……って、撫でて誤魔化そうとするな！」

避けようとするナナカの頭を的確に撫でながら、部屋のドアを開きます。すると――

「――マスター！　会いたかったよ！」

部屋の中から小柄な赤い影が私に飛びついてきました。

私はその子を抱きとめると、微笑みながら視線を落とします。

「もう体調はよろしいのですか、レックス」

満面の笑みを浮かべた赤髪の少年――レックスが、私を見上げて言いました。

「うん！　もうすっかり元気だよ！　ボクの病気を治すためにわざわざヴァンキッシュまで連れてきてくれたんだよね？　ありがとう！　マスター大好き！」

小動物のようにすりすりと身体を擦り付けてくるレックスの頭をよしよしと撫でてあげます。

私の隣でそれを見ていたナナカは、ふんと不機嫌そうに鼻を鳴らしました。

「まったく、いい迷惑だ。ここまで来るのにどれだけ大変だったか――」

「ナナカについてきてなんて一言も言ってないけどー？　それとここはボク以外の男子は立ち入り禁止だからナナカはさっさと出て行ってね。しっしっ」

「僕はスカーレットの執事だからついていく義務があるんだ！　あと、ジンからここに入っても良いって許可ももらってる！　っていうか、いつまでくっついてんだ！　離れろ！」

「あは、嫉妬《しっと》してるんだ？　人間になったボクに自分の居場所取られちゃうーって。ごめんね、かわいくてさ？」

「こ、この……っ！　スカーレット！　こいつめちゃくちゃ性格悪いぞ！」

「はいはい。二人とも、喧嘩はめっですわ。仲良くしてくださいね？」

「嫌だ！」

ぷいっとお互いから顔を背けるレックスとナナカ。

微笑ましいですわね。喧嘩する程仲が良いとはこのことですか。

「レックス。先程病気、と言っておりましたが、どなたかに貴方の低地病《ていちびょう》の話を聞いたのですか？」

「うん。ついさっきヘカーテ様とすれ違った時に聞いたよ。最近調子悪いなーとは思ってたんだけど、まさかパリスタンの気候が合わなかったからだったなんてね。お家の庭で倒れた時は怖かったよ。ボクどうなっちゃうんだろうって。でもさ――」

レックスは眉根《まゆね》を下げ、少し寂しそうに微笑みました。

「そのおかげで人化できて、マスターとこうやって人間としてお話できるようになれたんだ。だから病気になったのも悪いことだけじゃなかったのかもって思ってるよ……もう、ヴァンディミオンのお家に帰れなくなったとしてもさ」

「……え？」

「あら、家出でもするつもりですか？　お家に好物のりんごをたくさん用意してありますのに」

困惑するレックスに微笑みながら、頭を撫でてあげます。

「帰る時は一緒です。我が家にやってきたその時から、もう貴方は私の大切な家族ですもの。必ず貴方の病気を治す方法を見つけますわ。だからそんなに寂しそうな顔をしないでくださいな」

「……っ！　うん……っ！」

顔を上げたレックスがにへっと嬉しそうに微笑みました。私に迷惑をかけないようにここに残るつもりだったのですね。

　こんなにも気づかいができる良い子を、空気の読めない脳筋《のうきん》皇子や戦闘狂の侍女が集団で襲い掛かってくる野蛮《やばん》な国に残していくなんて、絶対にあってはならないことですわ。

「ナナカも、一緒に見つけてくれますね？」

「……こいつがいなくなったら張り合いがなくなるしな。スカーレットが見つけるっていうなら僕も――」

「ナナカー！」

「うわっ!?　抱き着くな！　暑苦しい！」

「いつも意地悪なことしてごめんね、ナナカ！　大好きだよー！」

　さて、二人が仲直りしたところで。とりあえず部屋に入って落ち着きながら、今後のことを考えましょうか。

「あ、ちょっと待って！」

「おい！　だから一々誰かに抱き着こうとするな、こら！」

　レックスが私に抱き着こうとしてナナカに止められながら、懐《ふところ》から三枚の封筒《ふうとう》を取り出しました。

「これは……？」

「ここに来るまでにもらったんだ。スカーレットに渡せってさ。あ、ちなみに三枚とも違う主の従者からだったよ」

　レックスから受け取った封筒《ふうとう》を確認します。三枚の内、二枚にはヴァンキッシュの皇族を表す封《ふう》蝋《ろう》がしてありました。

その内の一枚は……はい。これは見なくても中身が分かりますわね。

「ナナカ、処分しておいてください」

「なんで僕が……ん？『愛しの我が花嫁へ』って、ああこれはアルフレイムの……」

私から手紙を受け取ったナナカが一応封を開いて中身を確認しています。

うんざりしている表情から察するに、いつもと変わらない駄文でしょう。

読んでも時間の無駄ですし、捨てておいても問題ありませんね。

というか自分の宮殿にいる私に、なぜわざわざ手紙を送っているのですかあの方は。本当におバカさんですわ。

「次の手紙は……フランメ様からですか」

その手紙には今日の夕暮れ時、パリスタンから来た客人の方々を歓迎する晩餐会《ばんさんかい》を開くので招待したいとの旨が書かれておりました。

パリスタンから来た、ということはジュリアス様達もご一緒されるのでしょう。

フランメ様のお人柄であれば、そういった歓迎の催しをされるのも不自然なことではありませんわね。後程、うかがわせていただきましょう。

「さて、最後の一枚ですが――」

皇族の封蝋《ふうろう》こそないものの、その封筒《ふうとう》は両面に竜の刺繍《ししゅう》が入ったみるからに高価で上質な物でした。この国で出会った方の中で、このような物を送ってきそうな皇族ではないお方といえばおそらく――

「――はぁ～……」

中身を読んだ私はうつむき、深く息を吐きながら最後の手紙を握りつぶします。

そんな私を見たレックスが見てはいけないものを見てしまったとばかりに「うわあ」と声を上げました。

「ねえナナカ、マスターめちゃくちゃ怒ってるよ。あの手紙何が書いてあったんだろ」

「……いや、あれは怒ってるんじゃない」

「えっ？」

『撲殺姫《ぼくさつひめ》、私の下へ来れば貴女の望むものを与えましょう。アルフレイム様でもフランメ様でもなく、私だけが貴女の欲求を満たすことができる。そう確信しております』

……そうきましたか。面白いですわね。

先程出会ったばかりの貴方がこの私に、一体どんなものを与えてくれるというのでしょうか。

あのお方に興味はありませんでしたが、一度お会いしてみたくなりました。

「行きますよ、二人共。手紙の主――ヴァルガヌス様の元へ」

第二章　貴方達の態度が気に入りません。

「ここがヴァルガヌス様のいらっしゃる宮殿、紫焔宮《しえんきゅう》ですか」

宮殿を取り囲む高さ四メートルにも及ぶ石の壁。壁の中央にある入口の門は、見るからに頑丈そうな分厚い鋼鉄《こうてつ》製。

門の左右には槍《やり》を持つ巨漢《きょかん》の衛兵が立ち、周囲に睨みを利かせています。

「物々しいっていうか……アルフレイムがいたところとは正反対だな」

隣に立つナナカが緊張した面持ちでそう言いました。確かに業火宮のものとは違い、こちらは中々に突破しがいがありそうな門ですわね。

「本来なら皇族の方が住まう住居にこそこれくらいの厳重さが必要なのですけどね」

「ヘカーテの結界があるとはいえ、もう少しなんとかした方がいいよなあれは……」

ナナカがため息交じりにそう言うと、追随《ついずい》するようにレックスが口を開きました。

「大丈夫でしょ。あの馬鹿皇子なら。襲われても死ぬようなたまじゃないし」

そっぽを向くその顔は、見るからに不機嫌そうです。余程アルフレイム様のことが嫌いなのでしょう。ナナカも同じ意見だったのか、苦笑しながら言いました。

「よっぽど嫌いなんだな、アルフレイムのこと」

「だいっきらい！　顔も見たくないよ！　ふん！」

他国に置いて行かれた上に、勝手に自分を譲渡《じょうと》されたともなれば、怒りたくもなりますわよね。

アルフレイム様の自業自得ですわ――と、そんな話をしていますと。

衛兵の方々が門の向こう側である宮の中に向かって声をかけました。

「客人だ。門を開け」

重々しい音を立てながら鉄の門が内側に向かって開きます。

私達が歩み寄ると、衛兵の方々は道を開けるように左右に退きました。

会釈《えしゃく》をしながら門を通り過ぎると、背後で再び大きな音を立てながら門が閉まります。

「何事もなく通れてしまいましたね」

「なんで少し残念そうなんだよ……」

そんな残念だなんて。安心して少しだけ緊張が緩んだだけですわ。

「それはそうと――」

紫色の屋根をした豪奢《ごうしゃ》な宮殿の手前。石畳が敷かれた庭に視線を移します。

「まあ不思議。門の先はファルコニアに通じていたのかしら」

そこには鳥や獅子《しし》、または鹿の頭に人間の身体を持つ十人程の亜人族《あじんぞく》の方々が、至るところに立っておりました。

大柄で屈強な肉体に軽装の皮鎧を纏《まと》った彼らは、腰や背に剣や槍《やり》を差して武装しています。

そして彼らの傍には鷲《わし》の頭に獣の身体をした全長四メートルにも及ぶ鳥獣《ちょうじゅう》――グリフォンの姿も

ありました。

「うえー、獣くさーい。そういうのはナナカ一人で十分だよ」

「僕は臭くない！　って、そんなことはどうでもいい！　あの鎧に刻まれた紋章《もんしょう》を見ろ」

ナナカが緊張した面持ちで亜人の方々に視線を向けます。

「翼を持つ三頭の獣の紋章《もんしょう》。間違いない……あいつら〝蒼天翼獣騎兵団《そうてんよくじゅうきへいだん》〟だ」

——蒼天翼獣騎兵団。

ヴァンキッシュの紅天竜騎兵団と並び、大陸屈指の空戦部隊と名高い、亜人の方々で構成されたファルコニアの騎士団の名でしたか。

普通の騎士団とは違い、格式《かくしき》の高さよりも、戦いに飢えた野性味溢れる空気を感じましたが、それならば納得ですわね。

「ファルコニアの騎士団の方々がなぜヴァルガヌス様の宮殿にいらっしゃるのでしょう。確かヴァンキッシュはファルコニアとも敵対関係にあったと記憶していますが」

「僕達がアルフレイムに協力しているみたいに、あいつらもヴァルガヌスを皇帝にするために同盟を組んでいるとか……？　どうなんだレックス」

「ボクが知ってるわけないじゃん。最近までずっとパリスタンにいたんだから。少なくともボクがいた頃のヴァンキッシュにはあんなやつらいなかったよ」

そんな風に三人で話していますと、騎士団の紋章《もんしょう》をつけた鹿と熊と獅子《しし》の顔をした三人組の亜人族の方々が、私達に向かって近づいてきました。その中の一人、獅子《しし》の方はナナカを見ると、明らかに見下したような表情で大きな口を開きます。

「おいお前。なんで獣人が人間の貴族なんかと一緒にいるんだ？」

「……ここにいるお前達だって人のことは言えないだろ」

ナナカの返答に残りの二人の亜人の方が、口元をゆがめて嘲《あざけ》りの表情を浮かべました。

「俺達は客人として招かれた。あくまで対等な関係だ。だがお前はどうだ。その服装、まるで人間の召使いではないか」

「一族の大半が人間に捕まって奴隷《どれい》になるようなマヌケな獣人族には、お似合いかもしれないがな」

周囲の亜人の方々の中から「違いねえや！」と声が響いてきたかと思うと、一斉に笑いが起こります。

ナナカは何も言い返せないようで、うつむいて悔しそうに拳を震わせておりました。そんなナナカを見たレックスは、不機嫌そうに顔をゆがめながら手の指をわきわきと開閉させます。

「何こいつら。感じ悪。やっちゃう？」

私はと言いますと、おもむろに懐《ふところ》から手袋を取り出し拳に装着。

「殺ってしまいましょう。幸い分厚い門と壁に遮られて外には分かりませんし」

「お、おい！　やめろ！　僕は別に気にしてないから――」

慌てた様子でナナカが私達を止めようと声をあげます。

優しいですね、ナナカは。そんな子を寄ってたかって笑い者にしたお猿さん達には、しっかりとこの拳でお灸《きゅう》をすえてあげましょう。

「――それくらいにしておきなさい」

その時、低く威圧感のある男性の声が宮殿の方から響いてきました。

視線を向けると、そこには簡素な黒いローブを羽織った、背の高い黒髪の殿方が立っています。

長い耳に整った顔立ち、それに褐色《かっしょく》の肌――ダークエルフの方でしょうか。

文献《ぶんけん》で見たことはありましたが、実際にダークエルフの方とお会いするのは初めてです。

「……ファルコニアの外交官ケセウス・イーストウッドだ。あいつまでいるなんて、ますますきな臭いな」

興味津々の私の傍らで、ナナカが眉根《まゆね》をひそめてそう言いました。

ファルコニアの外交官の方がここにいる、ということは――

「ナナカが先程言っていた、ヴァルガヌス様とファルコニアが協力関係にあるという可能性が、さらに高まりましたね」

ケセウス様がこちらに歩み寄ってくると、私達に絡んでいた三人の亜人の方々が黙り込んで道を開けます。

彼は私達の前で立ち止まると、無表情のまま会釈《えしゃく》をしました。

「部下が失礼しました。ヴァルガヌス殿がお待ちです。こちらへ」

それだけ言うとケセウス様は私達から背を向けて、宮殿の方へと歩きだします。

「……腹の底が読めないヤツらだ。油断せずに行こう」

「ちぇっ。人間の姿で暴れてみたかったんだけどお預けかー」

ナナカとレックスがケセウス様の後を追って歩いていきます。さて、私も参るとしましょうか。

「――と、その前に」

私達に絡んできた三人組に視線を向けます。ケセウス様がいなくなったからでしょう。離れた場所に立っている彼らの顔には、再び私達を馬鹿にするような嘲《あざけ》りが浮かんでおりました。

「あれ程分かりやすく挑発してやったのに向かってこないとはな。とんだ腰抜け共だ」

「所詮《しょせん》は脆弱《ぜいじゃく》な女子供よ。平静に振る舞ってはいたが、内心では我らに震えあがっていたのではないか？」

声を潜めることもせずにこれみよがしな罵倒《ばとう》の数々。

あれも私に聞こえるようにわざと言っているのでしょう。

「……本来なら物理的に表情を変えて差し上げるところですが」

会談前から問題を起こすわけにはいきませんからね。レオお兄様の胃にも良くないですし。なので――

「これで勘弁して差し上げましょう」

握り込んだ拳を彼らに向かって軽くシュッシュッと振ってから、宮殿の方へと歩き出します。

何をされたのか分かっていない彼らは不思議そうに私を見ていました。

「次にお会いする時は、私の手が滑らないように祈っておいてくださいな」

少し歩くと背後から驚きの声が響いてきます。

「な、なんだ⁉　俺の首飾りが突然粉々に⁉」

「まさか、あの人間の女か……？」

「先程手を振った時か……？　一体どうやって……」

「まさか拳圧《けんあつ》で破壊したとでもいうのか⁉」

「……あの女、タダ者ではないぞ」

彼らの会話を無視して宮殿の入口までたどり着くと、前を歩いていたレックスが騒ぎだした三人組の方を見て不思議そうに首を傾げました。

「アイツらなんか慌ててるみたいだけど、何かあったのかな？」

ナナカがジトっとした半目で私を見ます。

「……またやったな？」

「何のことでしょう。私はただ、目の前で飛び回るうるさい羽虫を静かにさせただけですわ」

宮殿内に入った私達は、一言も口を開かないケセウス様先導の下、長い廊下をひたすらに歩いて行きます。

廊下には常に兵士達が巡回《じゅんかい》していて、私達とすれ違う度、威圧するように睨みつけてきました。

それが気に食わないのか、レックスは彼らと遭遇する度「グルル……」と喉を鳴らして威嚇《いかく》していました。

ナナカは冷静に「突然襲ってこないだけ業火宮の連中よりマシだ」と言っていましたが、私からすれば客人に対して無礼極まりない態度であることは双方変わらないので、正直どっちもどっち。

無礼両成敗でブン殴り、スカッとしたいと申し上げておきます。

「……こちらへ」

一本道になっている廊下の最奥。紫色のドアの前で立ち止まったケセウス様が、横に退いて私達に前を譲ります。

会釈《えしゃく》をしながら前に出ると、ドアはゆっくりと内側に開きました。

おそらくは応接室であろうその部屋には、金の刺繍《ししゅう》が入った紫色の絨毯《じゅうたん》が床一面に敷かれていて、壁には軍旗が飾られています。

また部屋の奥には横長の机と椅子が置かれていて、そこには——

「ようこそおいで下さいました、スカーレット嬢。いえ、救国《きゅうこく》の鉄拳姫《てっけんひめ》とお呼びした方がよろしいかな？」

紫焔宮の主、ヴァルガヌス様が微笑を浮かべながら座していました。

不名誉な二つ名呼びに思わずピクッと拳が反応しかけますが、それよりも先に私はヴァルガヌス様の両脇に立つ二人の殿方——その内の右手にいる方に視線を奪われます。

そしてそれはナナカも同じだったのでしょう。私の隣で目を見開いたナナカが、驚きの表情で叫びました。

「ドノヴァン!?　なんでアイツがここに!?」

二メートル以上にも及ぶ長身に、皮鎧を纏《まと》った鍛えられた肉体。

黒く濃い体毛と、獣のように獰猛《どうもう》な顔つきの彼に、私とナナカは見覚えがありました。

奴隷《どれい》オークションに潜入する際のツテとして利用したザーラン伯爵《はくしゃく》。

彼の下で奴隷《どれい》の管理役として働いていた方、ドノヴァンさんですわ。

「奴隷《どれい》オークション摘発《てきはつ》の際にシグルド様に倒され、監獄《かんごく》に収監されたとお聞きしましたが……なぜここにドノヴァンさんがいらっしゃるのでしょう」

困惑する私達を見て、ドノヴァンさんらしき方はニヤリと笑いました。

「お前が噂の狂犬姫《きょうけんひめ》か。俺の名はガンダルフ。パリスタンでは双子の弟が世話になったみてぇだな」

その言葉にナナカが納得したようにうなずきます。

「……あいつの双子の兄貴か。道理で似ているわけだ」

確かによく似ています。ですが、よく見るとこのお方は巨漢《きょかん》だったドノヴァンさんよりもさらに一回り身体が大きく。

そしてあの方には感じなかった、戦いによって鍛え上げられた強者特有の余裕のようなものを感じました。

「あまり拳殴欲《しょくよく》がそそられないお肉ですわね」

ヴァルガヌス様の左手側に立つもう一人の殿方に視線を向けます。

一九〇センチはあろうかという長身に、無駄が削ぎ落とされて研ぎ澄まされた肉体。

背中に生えた鳥類を思わせる身長と同じ程の大きさの翼は、彼が有翼人であることを示していました。

「……」

黙したまま目を閉じ、腕を組んでいる彼とガンダルフさん。

お二方共、おそらくは以前戦った異端審問官《いたんしんもんかん》の方々を優に超えた力を持っていることでしょう。

敵になるとしたら、面倒なお肉になりそうですわね。

「彼らが気になりますか？　撲殺姫」

私の考えを見透かすように、ヴァルガヌス様が声をかけてきます。

私は内心の苛立ちを抑えながら、首を横に振って答えました。

「余計な前置きは結構です。それにその名で呼ばれるのはあまり好きではありませんので」

「これは失礼を。本題に入る前に少しでも気を緩めていただけたらと思ったのですが、余計な気遣いだったようですね」

おどけたようにわざとらしい反応をするヴァルガヌス様。

段々と殴り甲斐がありそうなお肉に仕上がってきました。

「それならば一つ、素朴《そぼく》な疑問に答えていただいてもよろしいかしら？」

「どうぞ私に答えられることであればなんなりと」

「なぜこの宮殿のいたるところにファルコニアの方々がいらっしゃるのでしょう」

私の質問に、ヴァルガヌス様は予想していたとばかりに淀みなく答えます。

「それは貴女方と同じ理由ですよ。彼らは私が皇帝になるために力を貸してくれている協力者です。

ああ、勘違いしないでください。ファルコニア自体と同盟を結んでいるわけではありませんよ。協力していただいているのはここにいる彼らのみです」

ナナカが「やっぱりな」と小さくつぶやきます。概ね予想していた通りの展開ですわね。

「ヴァルガヌス様はヴァンキッシュの全軍を統括《とうかつ》しているとお聞きしました。それだけの戦力があってなお、ファルコニアの方々を引き入れる理由はなんですか？」

「私に指揮権が委ねられている軍はあくまで皇帝陛下から預かっているもの。それを個人的な勢力争いに用いることはできません」

ヴァルガヌス様がわざとらしくため息をつきます。そして――

「このままでは武力に劣る私は後継者争いの舞台に立つことすらかなわないでしょう。そのことを友人であるケセウス殿に相談したところ――」

フッと口元に笑みを浮かべて言いました。

「彼は快く、蒼天翼獣騎兵団を退団して力を持て余していた騎士達を、私の剣として連れてきてくれたというわけです」

その言葉にケセウス様がわずかに眉をひそめます。

この反応……ケセウス様はヴァルガヌス様との同盟関係を快く思っていないのでしょうか。

私達にしてもアルフレイム様と結んだ同盟関係に対して、全面的に同意しているわけではありませんし、彼らも同じような問題を抱えているのかもしれませんね。

「蒼天翼獣騎兵団を退団した騎士達だって……？」

ナナカのつぶやきに、ヴァルガヌス様がうなずきます。

「ええ。ですが辞めたとはいえ、腕は確かですよ。特にここにいる有翼人の彼――フェザーク殿は元々蒼天翼獣騎兵団で団長を務めていた程の豪の者です」

腕を組み、黙したままのフェザーク様は、じっとこちらを見ていました。

私達がどれ程戦えるのか、値踏みするかのような鋭い猛禽類《もうきんるい》のような目で。

「そしてもう一人の彼、ガンダルフはフェザーク殿の腹心《ふくしん》で副団長を務めていた男です。彼らをもってすれば我が国ヴァンキッシュの最強戦力である紅天竜騎兵団とも互角に渡り合うことができるでしょう。しかし――」

懐《ふところ》から手紙を取り出して目の前にかざします。中身はもちろん、私宛に届いていたここへの招待状です。

「単独で一軍にも匹敵《ひってき》するアルフレイム様を相手にした場合、それでも戦力に不安が残る。このような手紙を送り、私をご自分の陣営に引き込もうとしている理由は、あのお方への対抗策としてですか？」

「ご名答です。以前アルフレイム殿下を投げ飛ばした女傑《じょけつ》がいると聞いた時は眉唾《まゆつば》だと疑っておりましたが、その後に伝え聞いた数々の逸話《いつわ》。そして、実際に貴女を目の当たりにした今、その力を疑う余地はないでしょう」

ヴァルガヌス様はこちらに向かって手の平を差し出すと、ついに私をこちらに呼んだ理由を口にしました。

「単刀直入に言います。スカーレット嬢。アルフレイム殿下を裏切り、私の協力者になっていただけませんか？」

あまりにあけすけに放たれたその言葉に、ナナカが声を荒らげます。

「ふざけるな！　スカーレットがそんな話を飲むはずが――」

「このお手紙に書いてありましたね。自分だけが貴女の望むものを与えることができると。それはなんですか？」

「スカーレット!?」

平然とそう答える私にナナカが驚きの表情でこちらを見ました。

そんな私達の反応を見て、ヴァルガヌス様がクッと笑みを漏らします。

「貴女がどのような人間か、色々と調べさせてもらいました。一見、弱きを守り、悪を挫《くじ》く正義の方に見えるでしょう。ですがその本質はまるで逆――」

ヴァルガヌス様が両手を広げて、声高らかに叫びます。

「貴女は暴力を振るうのが楽しくて仕方がないのです！　しかしそのような常軌《じょうき》を逸した性癖《せいへき》が周囲に知られては家の名を落とすことになる！　それ故に、殴っても後ろ指をさされない悪人だけを標的にしていた！　違いますか？」

「……さあ、何のことでしょう」

首を傾げてそう答えると、ヴァルガヌス様はそれを肯定と受け取ったのか、さらに言葉を続けます。

「しかしその悪人も、国内の情勢が安定したことによりいなくなってしまった。正直、溜まっているのではないですか？　暴力を振るうことができない鬱憤《うっぷん》が」

ピクッとうずく左手を背中に回し、右手で抑え込みます。

鬱憤《うっぷん》？　ええ、溜まっていますとも。この国に来てからはその気持ちが大きくなる一方です。

「私が皇帝となった暁には、貴女がヴァンキッシュ国内で自由に暴力が振るえるように働きかけましょう。もちろん罰せられることもなければ、その事実すらも発覚することはありません。どうです？　今の貴女にとっては金や名誉よりも、よほど価値ある対価なのではありませんか？」

考えを悟られないように顔を伏せます。ヴァンキッシュに来る以前、確かに私は望んでおりました。合法的に悪人を殴れるような舞台を。

そんな私にとって、ヴァルガヌス様の申し出は正に願ったり叶ったりといったところでしょう。

「魅力的な提案ですわね」

「そう言ってくれると思っていました。それではこれからは協力者ということで――」

足音が近づいてきて、私の前で止まります。

顔を上げるとヴァルガヌス様が私に手を差し出し、握手を求めていました。

その顔には勝ち誇ったような笑みが浮かんでおり、すでに私の答えを確信しているかのようです。

この方の期待に応えるのは癪《しゃく》ではありますが、利害の一致とあらば手を組むのもやぶさかではありませんか。

私はヴァルガヌス様に向かって笑みを浮かべ――

「――ですがそのお話、お断りさせていただきます」

「……は？」

ヴァルガヌス様が呆然とした顔になります。ようやく腹立たしい余裕面を崩しましたわね。

ではこれから、私が今まで味わってきた鬱憤《うっぷん》の分、もっと腹を立ててもらいましょうか。

「第一に、まずヴァンキッシュには私の食指《しょくし》が動くような、殴り甲斐のあるでっぷりと太った上質のお肉がいないということ」

「あー。確かに国民みんな筋トレばっかりしてるから、引き締まった筋肉質な人しかいないもんね！」

レックスが手を叩いてそう言うと、ナナカが「そ、そんな理由で……？」と呆れた顔になります。

ナナカ。私にとってこれは、自分自身の存在意義に関わるとても重要なことですのよ。

脂肪たっぷりの悪人のお肉を殴る。これはパリスタンに生まれた淑女の嗜《たしな》みですわ。

「第二に――貴方達の態度が気に入りません」

「我々の態度だと……？」

「検問所の一件もしかり、先程の宮殿での入り口の一件もしかり。貴方達はここまで散々私達を愚弄《ぐろう》するようなことをしておきながら、ここに至るまで一言の謝罪もありませんでした。その上――私達が気づいていないとでも思いましたか？」

ヴァルガヌス様に向かって目を細め、静かに口を開きます。

「宮殿に入ってからここに至るまでにお会いした方全員。女子供は黙って自分達の言うことを聞いていればいいと馬鹿にしているのが、言動の端々から透けて見えるのですよ。そんな貴方達と結ぶのは協力関係ではなく――」

いただいた手紙をヴァルガヌス様の目前に放り投げ、拳を放ちます。

パァン！　と大きな破裂音を立てて、手紙は空中で千々に破れて飛散しました。

「この拳が示すように敵対関係こそがふさわしい。そういうことです」

会釈《えしゃく》をし、そのまま背を向けて部屋の出口に歩いていきます。

ドアに手をかけたところで、我に返ったのかヴァルガヌス様が怒鳴り声をあげました。

「後悔するぞ！　馬鹿な皇子についたことを！」

それに関しては私もジュリアス様もすでに後悔しているので、痛い指摘ではありります。

まあそれでも貴方についてする後悔よりも、アルフレイム様についてする後悔の方がきっと気分が良いものだとは思いますが。

「それでは皆様、ごきげんよう」

◆　◆　◆

応接室を出た後、ナナカとレックスと三人でしばし無言のまま廊下を歩きます。

突き当たりの曲がり角を曲がり、周囲に衛兵の方がいなくなると、レックスが両手を上げて口を開きました。

「あースッキリした！」

突然の大声にナナカが焦った顔でレックスにささやきます。

「おい、まだ宮殿の中だぞ……！」

「見た？　あのヴァルガヌスの顔！　こーんなしかめっ面しちゃってさ？」

眉間《みけん》に皺を寄せて、ヴァルガヌス様の顔真似をするレックスに思わず笑ってしまいました。

この子がすると、しかめっ面もかわいらしいものですね。

「先程はアルフレイム様がお嫌いと言っていましたが、レックスはヴァルガヌス様のこともお嫌いなのですが？」

「だーいっきらい！　だってあいつ、ボク達竜のことを戦いの道具としか見てないんだもん！」

レックスは頬を膨らませてそっぽを向くと、少し落ち込んだ声音で語り出します。

「……何年か前にさ、海からすごい数の魔物が攻めてきたことがあったんだ。その時にたくさんの同胞《どうほう》……飛竜達が犠牲になった」

ロマンシア大陸から海を隔てた遥か北に位置する魔王が統べる大地――通称〝魔大陸〟。

魔大陸から海を越えてやってくる魔物の存在は、ロマンシア大陸に生きとし生ける者すべての敵とされています。

結界によって守られているパリスタン王国とは違い、ヴァンキッシュ帝国は海に面する大国。

時には大量の魔物が押し寄せてくることもあるのでしょう。

敵対する国のこととはいえ、飛竜が大勢犠牲になったというのは痛ましいお話ですわね。

「ボク達は死の間際、友である人間達を救うために、竜のみに伝わっている呪法《じゅほう》を使って自分の命を分け与えた。そのおかげで戦死した人間は驚く程少なかったんだ」

「竜のみに伝わる呪法《じゅほう》……本当に実在していたのですね」

昔、家庭教師の先生に聞いたことがあります。

死ぬはずだった人間が、竜と契約を交わしたことで命を長らえたことがあったと。

先生を疑っていたわけではありませんが、実際に飛竜であるレックスから話を聞くとやはり驚かされるものがあります。

なぜならこの世界に存在するどんな魔法や加護を用いたとしても。

死に行く運命の人間を救うことは絶対にできないのですから。

「それを知っている人間は皆ボク達に感謝して、別れを惜しんでいた。でも――」

レックスが拳を握りしめ、怒りに顔をゆがませながら言います。

「あいつ……ヴァルガヌスは、みんなが悲しんでいる中、こう言ったんだ。人間の犠牲が少なく済んで幸いでしたってね……！」

それを聞いたナナカが怒りをにじませた低い声でつぶやきます。

「……手を組まなくて正解だったな」

「あの方をブン殴る理由がまた一つ増えましたわね」

その話を事前に聞かされていたなら、有無を言わさずにこの拳をめり込ませていたかもしれません。ヴァルガヌス様のあの憎たらしい余裕顔に。

「……ふぅ」

レックスが怒りの感情を吐き出すように肩を落として息を吐きます。その仕草で気持ちが落ち着いたのか、彼は普段通りの調子に戻ると頭の後ろで腕を組みながら言いました。

「でもさ、あいつが軍師将軍になってから軍の損害が減って、軍費も減ったのは確かなんだよね。だから今まではムカつくけど国のためなら仕方ないって黙ってたんだ。だけど――」

不意にレックスが私にササッと駆け寄ってきます。

「……？」

首を傾げるとレックスは不意に飛びあがるようにして私に抱き着いてきました。

「今のボクはスカーレットの飛竜だからね！　これからは我慢せずに思う存分あいつをボッコボコにしてやれるよ！　あー、スカーレットがボクのマスターになってくれて本当に良かった！」

「あらあら」

ナナカが「なっ⁉」と驚きの表情を浮かべます。

レックスは私に甘えるように上目遣いではにかむと、耳元に顔を寄せてささやいてきました。

「……マスター大好き。ねーマスター、マスターもボクのこと……すき？」

「ふふ。ナナカと違ってレックスは素直な甘えん坊さんですね」

優しく抱き留めながら、よしよしと頭を撫でてあげると、レックスはくすぐったそうに「えへへ」と声をあげます。

かわいらしいですわね。まるで甘えん坊の弟ができたみたいです。

「こら！　離れろ！」

ナナカが駆け寄ってきて、私からレックスを引き離します。

引きはがされたレックスはナナカに向かって不満そうに頬を膨らませました。

「なんだよー。ナナカだっていつも獣化してる時マスターにだっこしてもらってるくせに」

「こんな場所ではしゃぐなって言ってるだけだ、このバカトカゲ！」

「はー!?　誰がバカなのさ！　バカって言う方がバカなんだぞ、このバカわんこ！」

ついには取っ組み合いを始めてしまいました。仲良しなのは良いことですが、時と場所を考えなくてはいけませんね。

「二人とも。じゃれあいはお外に出てからに――」

その時でした。バン！　と大きな音を立てて、私達の行く先にあったドアが乱暴に開かれます。

そこから出てきたのは不機嫌そうに顔をゆがめた茶髪で目つきの悪い殿方――後継者候補の顔合わせの場で最も態度が悪かった、近衛兵団の団長――イフリーテ様でした。

「うるせえぞ！　キャンキャンキャンキャンキャン喚きたてやがってどこのクソガキだ！　踏み殺されてえか！」

「「うわっ!?」」

驚いたレックスとナナカが後ろに飛びのきます。

そんな中、イフリーテ様は動じずにその場で立っている私に気が付くと、怪訝そうに顔をしかめました。

「あ？　なんでテメエらパリスタンのクソ共が紫焔宮《ここ》にいやがる」

……クソ共、ですか。バーン皇帝陛下の手前、さすがにあの顔合わせの場で無礼を咎めるのは我慢しましたが。他国の客人への礼儀を失した者の末路がどうなるか、この拳で分からせる必要がありそうですわね。

「ヴァルガヌス様にご招待されたからですが？」

「チッ。あのクソ野郎、勝手な真似をしやがって……！」

吐き捨てるようにそう言うと、イフリーテ様はこちらに向かって大股開きに歩いてきます。

目の前まで接近してきた彼は、その場から動かない私を横に退けようとしたのか、こちらに向かって手を伸ばしてきました。

「さっさと失せろクソアマ！　ここは女やガキが足を踏み入れて良い場所じゃねえ――」

パァン！　と、乾いた音が廊下に響き渡ります。

私に勢いよく手を振り払われたイフリーテ様は、目を見開いてこちらを凝視《ぎょうし》していました。

怒鳴って手をあげれば、女の私なら怖がって道を開けるとでも思いましたか？　人を舐めるのも大概にしてくださるかしら。

「敬語すら満足に使えず、客人に対して無礼の限りを尽くす。そんな貴方のようなお馬鹿さんが次期皇帝候補？　何の冗談かしら。笑わせてくれますわ。それと――」

口元を笑みの形にゆがめて、目の前のお馬鹿さんに向かって中指を立てて差し上げます。

「失せるのはそちらの方ですわ。〝クソ野郎〟」

「……っ！」

イフリーテ様の表情が怒りに歪み、こめかみにみるみる血管が浮き出ます。

彼は拳を握りしめながら、怒気を内に抑え込んだ低い声で言いました。

「死んだぞテメエ……女だからって俺が手を出せないとでも思ってんのか？」

「そう思うなら口より先に手を動かしたらどうですか？　もっとも、貴方のように一丁前なのは威勢だけの方が指一本でも私に触れられるとは思えませんが」

冷ややかな私の言葉に、イフリーテ様は大きく口を開けると犬歯を剥き出しにして叫びます。

「噛み殺す！」

まるで大型の肉食獣が獲物に飛びつくかのように、両手を大きく広げてイフリーテ様が襲いかかってきました。迎撃《げいげき》しようと拳を構えると、私が殴るよりも早く、レックスが横からイフリーテ様に飛びかかります。

「とう！」

かけ声と共にレックスがイフリーテ様に飛び蹴りを放ちます。

横っ腹に蹴りを受けたイフリーテ様は三歩程横によろめきますが、効いた素振りもなくすぐに体勢を立て直しました。

そんな彼に向かってレックスは指を突きつけて自信満々な顔で宣言します。

「マスターに手を出すっていうならボクが相手になるぞ！」

「このクソガキ……ふざけた真似しやがって――」

言いかけたところでイフリーテ様の表情が固まります。

その視線はレックスの頭――二本の角辺りを見ているようでした。

「その角、テメエ……人化した飛竜か？」

イフリーテ様の問いにレックスは四つん這いになると、怒りの表情のまま叫びます。

「だからなんだー！　やんのかー！　グルルーッ！」

本人は威嚇《いかく》のつもりなのでしょうが、どこをどう見てもかわいらしい所作《しょさ》にしか見えませんでした。もし私に向かってそれをしていたのなら、かわいさのあまり思わず抱きしめてしまうかもしれません。

まあかわいい存在を愛でるという概念があるとは思えないイフリーテ様に限っては、そんな行動もただ怒りを向ける対象にしかならないでしょうが――

「……チッ。やめだ。白けたぜ」

イフリーテ様が気勢をそがれたかのように構えを解きます。それと同時に怒りの表情も普段の不機嫌そうなものへと戻っていました。

一体どうしたのでしょう。まさか本当にかわいさのあまり戦う気がなくなったわけではないでしょうし。

「……次に会った時はタダじゃおかねえぞ。クソ共が」

困惑する私達に背を向けて、イフリーテ様はヴァルガヌス様がいた応接室の方へ歩いていきました。去っていく彼の後ろ姿を見て、私はおもむろに手袋を取り出して手に装着します。

「どうタダじゃおかないのかしら。ちょっと確かめてきますわね」

「待て！　気持ちは分かるが今は抑えろ！　おい、レックス！　お前も止めろ！」

「えー、なんで止めるのさ？　いけいけマスター！　やっちゃえやっちゃえ！」

「もう僕一人じゃ持ちこたえられない！　早く助けてくれ！　レオナルド！」

私にしがみついてくるナナカをよしよしとあやします。怖い目にあったので甘えたくなったのでしょうか。

まだまだ子供ですわね。

「そういえばイフリーテ様はなぜレックスを見て大人しくなったのかしら」

私のつぶやきにレックスが「あー」と声を上げてから、真面目な表情で答えます。

「それはね、あいつは飛竜に対して恩を感じていて、傷つけたくないと思っているからだよ。なにしろイフリーテは飛竜に育てられた人間だからね」

「飛竜が人間を育てたのですか……？」

「そ。あいつ、小さい時にひどい親にアグニ山の奥深くに捨てられたんだって。で、そこを寝床にしていた野生の飛竜に育てられたって話だよ」

野生動物が人間を育てた、といった逸話《いつわ》は稀《まれ》にではありますが存在します。

ですが飛竜が人間を育てたなどという、まるでおとぎ話のような出来事は、現実では聞いたことがありません。

「へえ、飛竜って野生のヤツでも人間に対しては友好的なんだな」

ナナカのつぶやきにレックスが笑いながら答えます。

「あはは！　そんなわけないじゃん！　普通ならパクッて食べられておしまいだよ！　野生の飛竜からしたら、人間の子供なんてただの食糧！」

「えっ」

そうですよね。野生の飛竜はとても獰猛《どうもう》で、山で遭遇した人や商隊が襲われたなんて話は当たり前にあることですし。

「確かイフリーテ様が後継者候補に選ばれた要因の一つが『竜に愛される才能がある』でしたね。野生の飛竜に育てられたというのも、その恩恵《おんけい》のおかげなのでしょうか」

「そうそう。なんかそういう特異体質っぽいね。生まれつき飛竜に好かれるんだって。ボクは別にあいつに対してなんにも感じたことないけどなー。竜人族だからかな？」

竜人族に関しては個体数が少なすぎてほとんどのことが分かっていないとジン様が言っておりましたね。

ヘカーテ様にお聞きすればそういった疑問も解決するのでしょうが、イフリーテ様のことは正直どうでも良いので彼の体質についてを知る機会はおそらくないでしょう。

「誰彼構わず噛みつくただの野蛮《やばん》な荒くれ者であれば追いかけてブン殴ってやろうと思いましたが……飛竜を大事にしているという点を考慮《こうりょ》し、殴るのは保留にしておきましょうか」

それはそれとして淑女である私に対してクソなどと暴言を吐いた落とし前に関しては、いずれ必ずつけさせますが。

「絶対なにかよからぬことを考えてるなこの顔……」

「殴り込みに行く時はボクもついていくからね、マスター！　一面焼け野原にしてやるぞー！」

宮を出て庭に出ると蒼天翼獣騎兵団の方々の姿はなく、何事もなく入ってきた門から外の道に出ることができました。

「ふぅ……」

ずっと気を張っていたのでしょう。ナナカが安堵《あんど》の吐息を漏らします。

それを見たレックスは意地悪な顔で言いました。

「あれー？　もしかしてナナカ、びびってたのー？　室内飼いのワンコにはちょっと刺激が強かったかなー？」

「……あの状況で呑気でいられるお前が羨ましいよ。こっちは敵地でいつ暴れ出すか分からない猛《もう》獣《じゅう》をずっと見てなくちゃいけなかったっていうのに」

そう言って、ナナカがこちらをジト目で見てきます。

「猛獣《もうじゅう》だなんてナナカったら。レックスはお利口な竜ですから、所かまわずに暴れたりなんてしませんわ」

「お利口!?　ボク、褒められた!?　やったー！　へへー、羨ましいだろナナカ！」

「いや、そうじゃなくて……ああ、もう！　早く来てくれレオナルド……！」

ナナカが頭を抱えて叫びます。すると、その声が天に届いたのでしょう。

どこからかレオお兄様の声が届いてきました。

「――スカーレット！」

声の方に振り向くと、道の向こうからレオお兄様が必死の形相《ぎょうそう》でこちらに走ってきます。

その後ろにはジュリアス様とエピファー様のお姿がありました。

「あら皆様。なぜこちらに――」

「大丈夫か!?　どこもケガはしていないか!?」

私の両肩に手を置き、心配そうな表情で尋ねてくるレオお兄様。一体どうしたのでしょう。

私、何かレオお兄様に心配されるようなことをしたかしら。

「落ち着け、レオ。汚れ一つついていない服を見れば、何事もなかったのは一目瞭然だ」

追いついてきたジュリアス様がそう言って、レオお兄様の肩に手を置きます。

「大方、ヴァルガヌス殿にアルフレイム殿を裏切って自分側につけとでも言われたのであろう」

「ご明察です。それと、ここにはお話をしに来ただけですので、ケガをするようなことはまだ何もしていませんわ」

「そうか、それは良かった……ん？　まだ？」

レオお兄様のご登場で肩の荷が下りたのでしょう。

ナナカは人化を解き獣の姿になると、地面にお腹をつけて寝そべりました。

その様子からは、もうこれ以上なにもしたくないという疲れがありありと浮かんでおります。

私達が危ない目に遭わないように、傍でずっと見守ってくれていましたものね。

ゆっくりとおやすみなさいませ。

「フランメ殿から晩餐会《ばんさんかい》の招待状は受け取ったか？」

一息つくとジュリアス様が私にそう尋ねてきました。

私が「はい」とうなずくと、ジュリアス様はそれをあらかじめ予期していたのか「であろうな」と答えてから、言葉を続けます。

「私達も招待状を受け取ってな。貴女達と共に行こうと思い、業火宮に顔を出したのだが――」

ジュリアス様に続くように、レオお兄様が眉根《まゆね》を寄せた苦しそうな表情で口を開きます。

「いざ行ってみれば業火宮は半壊していて、スカーレット達はどこに行ったのかと問えば、紫焔宮に乗り込んでいったと聞かされて……心労のあまり胃がはじけ飛ぶかと思ったが――」

ひしっと、私の手を取ったレオお兄様は涙ぐみながら言いました。

「暴力を振るわずに話し合いで交渉をするとは、お前もちゃんと成長しているのだな、スカーレット。兄は嬉しいぞ」

いつのまにか隣に控えていたエピファー様が、レオお兄様の涙をさりげなくハンカチでぬぐいます。

もう、レオお兄様ったら。人前でそのように褒められたら、気恥ずかしいですわ。

「大げさですわレオお兄様。私はいつも通り、淑女らしく振る舞っただけですから」

レオお兄様の手を握り返し、微笑みます。美しい兄妹愛、ここに極まれりですわね。

しかし、そんな尊い光景をあざ笑うかのように。ジュリアス様が私達を見ながらぼそっとつぶやきました。

「貴女がいつも通り振る舞っていたら、今頃宮内からは怒号と悲鳴が響き渡っていただろうな」

チクチク言葉に思わずイラッ。一々余計な茶々を入れないと気が済まないのかしら、この性悪王子は。

「それで、ヴァルガヌス殿への返事はどうしたのだ？」

「当然断りました。あの方の態度が気に食わなかったので」

私の返答にジュリアス様の表情が一瞬で笑みに変わると、堪えきれなかったのかブッと噴き出します。

対照的にレオお兄様は先程までの感極まったお顔はどこへやら、この世の終わりのような表情で言いました。

「……まさかその理由をそのまま伝えたのか？」

「そうですが、それがどうかしましたか？」

首を傾げながらそう答えると、レオお兄様は両手で顔を覆いながら天を仰ぎます。

「お前……断るにしても、もう少し配慮というか言い方があっただろうに……」

その様子を見て、レオお兄様が苦しんでいる姿を見るのが何よりの楽しみと言ってはばからない、腹黒《はらぐろ》王子ジュリアス様は満面の笑みでうんうんとうなずかれました。

「我々としてもヴァルガヌス殿と手を組む選択肢は元よりなかったのだ。口より先に牙を剥く狂犬姫が、その場で手を出さなかっただけ上出来であろうよ」

嫌みにしか聞こえませんが。

「私としては貴女があの小賢しい男の顔面をブン殴って、大騒ぎになっているのを見物するのもそれはそれで一興だったがな」

ふぅ、と一息ついて笑いを収めたジュリアス様は、肩をすくめて言いました。

「後継者候補達の皇位争奪戦はまだ水面下の探り合いの段階だ。今はまだアルフレイム殿の一協力者に過ぎない我らが表立って敵対するには時期尚早だろう」

「ジュリアス様の意見に同意するのは癪《しゃく》ですが、そうですわね。〝まだ〟早いですわ」

「ああ。〝まだ〟早い」

「不穏な言葉で意気投合しないでいただきたい！」

私達の会話に割って入るように、両手で顔を覆ったままレオお兄様が叫びました。

レオお兄様にこんなにも心配をかけてしまうなんて。それもこれもすべてあのおしゃべりクソ野郎ことヴァルガヌス様のせいですわ。

これはなんとしてでもこの拳を直接お口に叩き込んで、物理的に黙らせなくてはなりませんね。

「ねーねー、フランメのところに行くってことは目的地は燈火宮《とうかきゅう》でしょ？　だったら早く行こうよ！　人になってから何にも食べてないからボクもうお腹ぺこぺこだよー！」

元気に両手を上げながらレックスが叫びます。その言葉を聞いて、ジュリアス様は彼が人化したレックスだと気が付いたのでしょう。

レックスを見つめて「うむ」とうなずきながら言いました。

「そうだな。もう日も暮れてきたし、夜になる前にさっさと向かうとしよう」

ジュリアス様に続いて、レオお兄様がため息交じりに落ち込んだ表情でつぶやきます。

「はぁ……次の宮では何も起こらなければ良いのだが」

「ご心配なく。何かあったとしてもレオお兄様の胃が痛むよりも早く、私がバキッと問題を解決してみせますわ」

「バキッとするな！　それが一番心配なのだ！」


日が暮れて夜に変わる頃、私達は燈火宮に到着しました。

業火宮よりも少し高い三メートル程の高さの外壁に、穏やかに燃える火のような淡い橙色《だいだいいろ》の屋根。

門の中に入り石畳を進んでいくと、宮の側面には池が広がる中庭があり、池の中に設置された庵の周りには草木や花が綺麗に咲き誇っているのが見えました。

「池の周りには自然のままの石や木が置かれ、その反面、庵の周りには観賞用に整えられた草木や花が左右対称に配置されて、人工的な秩序を彩っている。素晴らしい……これはアグニ式庭園と呼ばれるヴァンキッシュの伝統的な皇室の庭園様式です。資料でしか見たことがありませんでしたが、実物はこんなにも風流《ふうりゅう》で美しいものだったなんて……私、感激です！」

興奮した様子で語り出すエピファー様をレオお兄様が無言で引っ張っていくのを横目に見ながら、私はこの宮殿にどこか懐かしい空気を感じていました。

初めて来た場所のはずなのに、なぜこんな感情を覚えるのでしょう。

もしや誰か、私が見知った懐かしい方がここにいらっしゃるのかしら。

「穏やかで美しい場所だな」

石畳の上で立ち止まり、庭をじっと見ていた私の横で、ジュリアス様がそうつぶやきます。

「ジュリアス様にも風流《ふうりゅう》な物を愛でる感受性があったのですね」

「まるで私が愚かな者が破滅するのを楽しむ以外に興味がないような言い草だな」

「後はレオお兄様が胃痛で苦しむのを見てほくそ笑むことでしょう？」

「正解だ。だがもう一つ、私が愛してやまないモノがある」

「……？」

レオお兄様やエピファー様、レックスやナナカが遠ざかっていき。皆様の話し声が薄っすらと聞こえてくる中。まだ夕焼けが薄く残った夜空を背景に、ジュリアス様は私に向かい合うと、フッと微笑を浮かべました。

もう一つ？　他に何かこのお方の興味を惹くようなことがあったでしょうか——

「……っ」

それは、本当に突然に。ジュリアス様が私の唇に、触れるような一瞬の口づけを。

「——これが答えだ。他の誰でもない、私だけを見ていろ。——愛しい人《スカーレット》よ」

目を見開き、固まってしまった私にそうささやいて。ジュリアス様は背を向けて、先に行ってしまいました。

「……貴方は一体、何度私の心を惑わせば気が済むのですか」

唇に感じた一瞬の体温が、いつまでも頬の火照《ほて》りを冷まさないから。

こんな顔を皆様に見せられない私は、その場からしばらく動けなくなってしまいました。

使用人の方に案内されて宮内の応接間に着くと、そこにはフランメ様が待っていました。

「パリスタン王国の皆様方、突然の招待にもかかわらず応じてくださり感謝いたします」

柔らかな笑顔を浮かべながら会釈《えしゃく》をするフランメ様に、ジュリアス様が会釈《えしゃく》を返します。

「こちらこそ、お招きいただき感謝いたします」

ジュリアス様に続くように皆様と会釈《えしゃく》をしながら、部屋に視線を巡らせます。

床には石造りの無骨な印象を和らげるような、屋根の色と同じ淡い橙色《だいだいいろ》の絨毯《じゅうたん》。

存在を主張しすぎず部屋に溶け込む、木目色の棚や机といった調度品《ちょうどひん》の数々。

外の庭園もそうでしたが、この燈火宮は主であるフランメ様のお人柄を表すかのように、穏やかで落ち着いた造りになっておりますわね。

実際に他の宮では緊張していたナナカも、獣化したままお座りをして、すっかり気を緩めておりますし。完全に気を抜くというわけにはいきませんが、私もここでは多少は気を緩めてもいいのかもしれません。

「ささやかながら、皆様に歓迎の宴席《えんせき》をご用意いたしました。どうぞこちらへ」

そう言って、フランメ様が応接間の出口に向かっていきます。

するといてもたってもいられなくなったのか、レックスがフランメ様に駆け寄って言いました。

「ねーねーフランメ、飛竜用のごちそうはー？」

フランメ様はレックスを見て少し考えるような素振りを見せた後、ふっと穏やかに笑います。

「ああ、君はレックスか。本当に竜人族だったんだね。じゃあ君には大きな骨付き肉を宴席《えんせき》の前の庭に用意しよう。みんなと一緒に食べられるようにね」

「やったー！　さっすがフランメ！　気が利くねー！　もう次の皇帝はフランメで良くない？」

無邪気に喜ぶレックスの姿にフランメ様が苦笑します。

それを見て、のんびりわんこの姿で歩いていたナナカが、一転して焦った様子で吠えました。

「おい！　適当なことを言うな！　僕達はアルフレイムの協力者なんだぞ！　そんな誤解されるようなこと言ったら、みんなに怒られ――」

「「確かに」」

私とジュリアス様の声が見事に重なります。

私達の反応にナナカは一瞬呆然とするも、再び焦った顔で叫びます。

「何納得してるんだ二人共!?　レオナルドもなんとか言ってやってくれ！」

「あ、ああ……そうだな。確かに今の発言は不用意だった」

「れおなるど……？」

煮え切らない返事をするレオお兄様に、ナナカが困惑の声をあげます。分かりますよ、レオお兄様。お人柄だけでいえば、どの後継者候補よりもフランメ様が皇帝としてふさわしいのは、誰の目から見ても明らかですものね。

「ははは……御冗談を」

フランメ様が苦笑したまま頬を引きつらせてそう言いました。冗談？　まさかそんな。

「ジュリアス様はともかくとして、私は冗談で言っておりませんが」

「私も先にアルフレイム殿と約束さえしていなければ全面的にフランメ殿を推挙《すいきょ》したのだがな。早まったか」

まったく否定しないどころか肯定すらする私とジュリアス様に、ナナカがぺたんと床にお腹をつけて、疲弊《ひへい》した様子でつぶやきます。

「次期国王と国の上級貴族がこれって……ヴァンキッシュよりパリスタン側の方が心配になってきたぞ……」

「ナナカくん、いりますかお薬」

エピファー様に撫でられながら胃薬を差し出され、クゥンと弱々しい鳴き声を漏らすナナカ。

その苦労人という言葉が体をなしたかのようなたたずまい、まるでレオお兄様を見ているようですわね。

「主に倣い、自ら率先して胃を痛めるような仕事もこなす。それでこそヴァンディミオン家の執事ですわ。立派に成長しましたね、ナナカ」

「……もう僕は人に戻らないぞ。何を言われてもワンしか言わないからな」

あら、ふてくされてしまいましたか。少し意地悪が過ぎましたね。

お詫びに後でたくさん良い子良い子してあげましょう。

大広間に移動した私達は大きな長机の食卓に用意された、ささやかな宴席《えんせき》とは名ばかりの豪勢な料理とワインで、盛大な歓迎を受けました。

甘い味付けの料理が基本のパリスタンとは違い、何種もの香辛料《こうしんりょう》で味付けされたお肉やお野菜等の料理はとても美味しく、また新鮮でございましたね。

エピファー様曰く、それらもすべてヴァンキッシュの伝統料理とのことで、一品一品が運ばれてくる度に彼女は眼鏡の奥の瞳を輝かせて、嬉しそうに解説していらっしゃいました。

食後のワインに関してもヴァンキッシュの特産品のようでしたが、エピファー様はどうも下戸《げこ》だったらしく解説する間もなく、一杯で酔いが回りその場に突っ伏すように眠ってしまわれました。

そんなエピファー様を介抱《かいほう》しながら、レオお兄様は困った様子で言いました。

「まさか彼女がこんなに酒に弱いとは……なぜあらかじめ言わなかったのだ」

おそらく、エピファー様は初めて見る他国の特産品であるワインに、知識だけでなく実際に触れてみたかったのだと思います。

人並外れた知識欲をお持ちの方ですからね。

気を使ったフランメ様が、後程お土産用にと色々ヴァンキッシュの特産品を包んでくれるそうなので、エピファー様も起きたらきっとお喜びになることでしょう。

「グォー……グォー……」

開け放たれた窓の外――広い庭からは、大きな飛竜の声帯から発せられるいびきが聞こえてきます。

そこにはお肉をたくさん食べてうつぶせに寝ている飛竜の姿になったレックスがいました。

それを見てナナカは呆れた表情で「ここはお前の実家か……」とぼやいていましたが、燈火宮で働いている使用人の方々は慣れたもの。

近くを通りかかる度、お腹いっぱいになって眠ってしまった子供を見守るような、穏やかなまなざしをレックスに向けていました。

「ここで働いている方々は皆、お優しく気配りができる方ばかりですわね。居心地が良くなったレックスが眠ってしまったのもうなずけます」

食事が全て片付けられて綺麗になった長机を挟んで、フランメ様に語りかけます。

フランメ様は嬉しそうに微笑むと、小さく会釈《えしゃく》をして言いました。

「お褒めの言葉、感謝いたします。そう言っていただけると使用人達も喜びます」

微笑み合う私とフランメ様の間に、穏やかな時間が流れます。

そんな中、私の隣——フランメ様の対面に座っていたジュリアス様が、口を開きました。

「バーン皇帝陛下のご容態はいかがでしたか？」

「部屋で薬を飲まれてからはすっかり落ち着かれました。今頃は起き上がられて、日課の鍛錬に励んでいらっしゃるでしょう」

会話に一瞬の間が空きます。フランメ様の表情の変化を探るように、ジュリアス様が目を細めました。

バーン様のご容態が本当に回復したのか疑っているのでしょう。

抜け目ないジュリアス様のことですから、私と同じく皆様が集まっている場でバーン様が吐血をしていたことに気づいていたのかもしれません。

「それは良かった。お大事にとお伝えください」

「はい。ご心配いただき、感謝いたします」

笑顔を崩さないまま、フランメ様が答えます。本当に回復されたのか、それとも違うのか。

第一皇子のアルフレイム様と同盟を結んでいるとはいえ、パリスタンとヴァンキッシュの間には長年敵対と停戦を繰り返してきたという、簡単には埋まらない溝があります。

未だ在位中でいらっしゃる皇帝陛下の弱みをフランメ様が見せまいとするのは、よくよく考えれば当たり前のことかもしれません。

ジュリアス様もそれを悟ったのでしょう、すぐに話題を変えて話を続けます。

「さて、それではそろそろ聞かせていただけますか。我々をここに招待した理由を」

その問いにフランメ様が少し困ったような笑顔で答えます。

「……他国から来られた客人をもてなしたかったから、では理由になりませんか」

ジュリアス様は少し考え込むように口元に手をやると、一つうなずいて口を開きました。

「失礼ながら今まで見てきた言動から察するに、フランメ殿はどうもあまり皇位に関心がないように見受けられます。そのような方が私達と個人的に親交を深める理由とはなんですか？」

「ジュリアス様!?」

エピファー様を介抱《かいほう》していたレオお兄様がぐるんとこちらに顔を向けて、焦った表情で叫びます。

失礼ながらの言葉に偽りなしの純度百パーセントの失礼発言。

どの国に行ってもその腹黒《はらぐろ》っぷりは健在ですわね。しかし、この腹黒《はらぐろ》の言うことにも一理あります。

先程もフランメ様が皇帝に相応しいと私とジュリアス様がうなずいた時にも、この方は本当に本意ではなさそうなご様子で「御冗談を」と受け流しておりましたものね。

「良いのです、レオナルド様。そう思われても仕方ありません。実際、私が皇位に関心がないのは事実ですから」

フランメ様はレオお兄様にそう言ってから私達を見渡すと、穏やかな声音で言いました。

「私の母は病弱で私が幼い頃に病で亡くなりました。その血が流れているからでしょう。私自身も病気がちで、とても武力を尊ぶヴァンキッシュ帝国の皇帝になれるような身体ではないのです」

フランメ様……この方からはどこか諦観《ていかん》をにじませるような儚い雰囲気を感じておりましたが、そういうことでしたか。

生まれ持っての体質は、治癒《ちゆ》の魔法や加護を用いたとしても治しようがありませんものね。心中お察しいたしますわ。

「フランメはねー」

どこからか声が聞こえたかと思えば、いつの間にか人化していたレックスが、フランメ様の隣にひょっこりと顔を出します。

レックスはりんごをかじりながら、自慢気に胸を反らして言いました。

「フランメは病弱でさえなければ絶対に皇帝になってたってみんなが認めるぐらいすごいヤツだったんだよ。国で一番頭が良くて、魔法も槍《やり》の腕も天才的だったんだから。ね？」

「……昔の話です。今はもう、頭脳ではヴァルガヌスに、武力では兄上やイフリーテの足元にも及びませんよ」

フランメ様の争い事を好まなそうなお優しいお人柄もあるのでしょうが、他の後継者候補の方々がフランメ様のことを敵視していなかったのには、そのような理由があったのですね。納得がいきました。

「そういった事情から、後継者候補は実質私以外の三人です。私としてはアルフレイム兄上にご助力を、とも思ったのですが――」

「……あの方であれば『ならん！　貴様も皇帝を目指せ！　手を取り合うのではなく、すべての好敵手を薙《な》ぎ倒し頂点に立ってこその皇帝よ！』とでも言いそうですわね」

なんともなしにつぶやいた私の言葉に、フランメ様が目を丸くします。

「……驚いたな。正にその通り、一語一句違わぬ言葉を兄上は私に言いました。スカーレット様は兄上のことをよくご理解していらっしゃるのですね。さすが業火の花嫁……いや、失礼」

まったく嬉しくありませんし、不名誉ですし、とんでもない誤解ですわ。

ですが、その思いを表情に出すことはいたしません。なぜなら私はパリスタン王国の誇り高き淑女なのですから。

「くくっ」

そんな私を見て、ジュリアス様が口元を手で押さえながら笑います。

「貴女は本当に思っていることがすぐ顔に出るな。見るからに不満そうなその表情――見ていて飽きないよ、まったく」

いつも通り、こちらを小馬鹿にするように笑顔を見せるジュリアス様を睨みつけようとして目が合った瞬間。

不意に先程の口づけを思い出してしまい、私はすぐに顔をそらしました。

意識しないように視線を合わせないようにしていたのに……最悪です。

「申し訳ございません、失言でございました。兄上がよくスカーレット様をそのように呼んでいたものでつい……」

「フランメ殿、お気になさらずに。彼女が顔を赤くしているのはその呼び名が原因ではなく私の――」

「それ以上言ったら二度と口が利けなくなりますわよ、ジュリアス様……？」

ミシミシと拳を握り込んで微笑みかけると、ジュリアス様はわざとらしく「おっと」と言って口をつぐみます。

このクソ王子……この借りは必ず倍返しにして差し上げますから、努々お忘れなく。

「そうそう、実は今この燈火宮にはスカーレット様の古くからの知人という方が、客人として滞在されているんですよ」

私とジュリアス様の間で漂う不穏な空気を察したのか、フランメ様が話題を変えます。

私の古くからの知人……一体どなたでしょう。

「そうなのですね。お名前はなんという方なのでしょうか」

「はい、その方の名は――」

その時、フランメ様の言葉を遮るように、広間のドアが開きます。

そこには皇宮で見た、豪奢《ごうしゃ》な服を着た使いの方が立っておりました。

使いの方は私達の前まで歩み出て会釈《えしゃく》をすると、厳かな様子で口を開きます。

「パリスタン王国の方々。皇帝陛下が皆様をお呼びです。今から炎帝殿《えんていでん》へお越しください」

第三章　荒事なんて困りましたわね、本当に。

月明かりが照らしだす夜空の下。

再び寝てしまったレックスを抱きかかえたフランメ様に見送られながら、燈火宮を出た私達は、迎えの馬車に乗って皇宮へと向かいました。しばらくして皇宮の門の外に到着すると、開門を待ちながら馬車の窓から皇宮を見上げます。

昼に見た時は派手で華美な印象を覚えた皇宮の外観は、夜になると外装である赤い屋根や竜の装飾が灯りに照らされて闇の中で煌々《こうこう》と浮かび上がり、この世ならざる幻想的な美しさを醸し出しておりました。

「……昼間に訪れた時とはまるで別物ですわね」

私のつぶやきに、対面に座っていたレオお兄様が緊張した面持ちでうなずきます。

「ああ。この皇宮に近づいただけで分かる張り詰めた空気……これがヴァンキッシュ帝国が持っていた裏の顔だとするならば、我々が今まで見てきたのはこの国のほんの表層でしかなかったのかもしれないな」

その言葉に、レオお兄様の隣に座っていたジュリアス様は髪をかき上げながら気だるそうに口を開きました。

「鬼《オーガ》が出るか蛇《ヒュドラ》が出るか。どちらにせよ、気を引きしめるに越したことはあるまい」

オーガやヒュドラ、ですか。どちらも図鑑でしか見たことがない魔物の名称ですわね。

食後の運動にはもってこいですわ。

「皇宮よりもっと身近なところから危険な空気を感じるのは僕の気のせいか……？」

隣に座るナナカが私の拳をジト目で見ながらそうつぶやきます。

あら、いけない。無意識に拳をにぎにぎしてしまっていたようです。

次からはちゃんと人に見えないように背中に拳を隠してにぎにぎしましょうね。

「――開門！」

門兵の声が響き、大きな音を立てながら門が開きます。それと同時に馬車が再び歩みを開始しました。

「さあ参りましょう。どんな魔物が飛び出してくるのか楽しみですわ」

「妹よ。今の話は比喩《ひゆ》であって実際に魔物がここに潜んでいるわけではないからな……？」

分かっておりますわレオお兄様。

今のはいつ魔物と戦闘になっても対処できるように緊張感を持つ、という例えですので。

決してレアな魔物肉を殴れるかもだなんて、思っていませんわ。ええ。

炎帝殿、殿内の謁見《えっけん》の間。

以前訪れた時が嘘のように静まりかえったその広い空間は、人払いがされているのか近衛兵一人見当たりませんでした。

しかし、そんな部屋の中央に一人だけぽつんと。

暗い紫色の髪色をした、長い前髪で片目が隠れている少年が、目を泳がせながら所在なさげに立っています。確かお名前はルクさん、といったかしら。私達が歩み寄ると、彼はおどおどした様子で口を開きます。

「こ、こちらで陛下がお待ちです。ついてきてください、ね？」

そう言ってルクさんは、部屋内の西側にあるドアの方に駆けていきます。

その後ろ姿を見てジュリアス様はやれやれと言わんばかりに肩をすくめました。

「客人を置き去りとはな。皇帝専属の侍従にしては少々落ち着きが足りないようだ」

「重箱《じゅうばこ》の隅をつつくのがお好きなジュリアス様と違い、あの豪胆《ごうたん》なバーン陛下が侍従の方の些細《ささい》な粗相《そそう》を気にするとは思えませんが」

「フッ。細やかな機微《きび》に聡い、と言ってもらいたいものだな」

笑顔で顔を合わせながら火花を散らす私とジュリアス様に、レオお兄様が呆れた様子で言いました。

「先程までの緊張感は一体どこへいったのだ……」

「レオナルド、この二人に緊張感なんて言葉は期待するだけ無駄だぞ」

無表情でそう答えるナナカに、レオお兄様は「ナナカ、私がいない間にお前も苦労していたのだな……」と労いの言葉をかけて頭を撫でています。

ずるいですわレオお兄様。ナナカをもふもふするのは私の特権ですのに。

「戯《たわむ》れはそこまでだ。行くぞ」

そう言って、ジュリアス様はルクさんが入っていったドアの先へと歩いていきます。

私達もその後に続くと、ドアの向こう側は地下に降りる幅が五メートル程の階段になっておりました。階段は建物でいう三階分程、下方に続いており、その終着点である眼下には頑丈そうな木製の大きな扉が見えます。

「向かう先は地下室ですか。不穏ですわね」

「楽しそうな顔で言うセリフじゃないからなそれ」

ナナカにツッコミを入れられながら階段を下っていきます。

先導するルクさんは時折こちらを気にするように振り返りながら階段を下り、やがて門の前で立ち止まりました。

私達が門の前にたどり着くと、ルクさんは門を開けようと取っ手に手をかけます。その瞬間――

「ギャオオオオオオ!?」

扉の向こうから大型の獣のような叫び声と共に、ドーン！　と。

何か大きな物が地面に倒れたような轟音《ごうおん》が響き渡り、周囲の地面や壁が振動します。

「……どうやら本当にオーガやヒュドラが巣食っているらしいな」

「冗談を言っている場合ではありませんわ！　ルク殿！」

「は、はいっ！」

ジュリアス様の軽口を制して、レオお兄様が焦った表情で叫びます。

レオお兄様の勢いに押されて、ルクさんが慌てて両開きの扉を開くとそこには――

「……ここは修練場、でしょうか」

地下に下りた分と同じ程に高い十五メートル程の天井。

面積は舞踏会の会場程もあるでしょうか。

そんな広い空間の至るところには、人の姿を模した鎧を着た打ち込み人形や、弓を射る的。

また、刃を削ぎ落された修練用の武器が立てかけられた、台が設置されていました。そしてその中央には――

「おお、来たかパリスタンの客人達よ！　丁度今、準備運動を終わらせたところだ！」

細やかな赤い鱗《うろこ》が敷き詰められた胸鎧を纏《まと》う、バーン陛下のお姿がありました。

その手には全長十数メートルはあると思われる、三つの頭を持つ巨大な蛇《ヒュドラ》の首の一つが握られていて、足元には蛇《ヒュドラ》の残りの二つの頭が泡を吹いて気絶しています。

「お招きに預かり、参上いたしましたが……これは一体いかなる趣向ですか？」

ジュリアス様が前に出てたずねると、バーン陛下は掴んでいた蛇《ヒュドラ》の頭を足元に放り投げます。

ズシン、と重い音を立てながら地面に伏す蛇《ヒュドラ》の頭に腰を下ろしたバーン陛下は、私達に向かって言いました。

「聞いたぞ。何やら後継者候補達の宮殿で盛大な歓迎を受けたそうではないか」

「歓迎……？」

ヴァルガヌス様から受けたご招待は歓迎というより勧誘でしたが。

それにアルフレイム様の業火宮やイフリーテ様ご本人に至っては、喧嘩を売られただけですし。

もしやヴァンキッシュの歓迎というのは、殴り合いをして交流を深めることを言うのでしょうか。

と、そんなことを思いながら話の成り行きを見守っていますと——

「臣下達が歓迎をしたというのに、その主である皇帝の我がもてなさないわけにはいくまい？ というわけでだ——」

そう言うとバーン陛下は自らの両拳を打ち合わせ、獰猛《どうもう》な笑みを浮かべます。

「我が直々に胸を貸してやろう。全身全霊をもってかかってくるが良い！」

「「……は？」」

レオお兄様とナナカが困惑の表情で声をあげます。やはり私が想像していた歓迎の認識は間違っていなかったようですわね。

「バーン陛下は私達と拳の異文化交流をご所望のようです」

そう言って私が前に足を踏み出すと、我に返ったレオお兄様が「待て！」と叫びます。

「早まるな、スカーレット！ 一国の皇帝でいらっしゃる陛下がまさか、私闘をするためにわざわざ我々をここに呼び出すはずがない！ もう一度しっかり確認した上で——」

「誰が我と殴り合うか揉めておるのか？ 遠慮するでない！ 全員同時でも我は構わぬぞ！」

バーン陛下の言葉にレオお兄様が口をあんぐりと開けたまま固まります。

レオお兄様がそのような反応をしてしまうのも無理はありません。

普通に考えて夜中に突然他国の客人を招き、殴り合いをしたいなどというのは正気の沙汰とは思えませんし。

日ごろから平和主義を掲げる私としても、慌てふためき驚きを隠せません。ですが――

「レオお兄様」

レオお兄様の方に向き直ります。いつになく真剣な私の表情に、レオお兄様は何か嫌な予感がすると言わんばかりに眉根《まゆね》を寄せました。

「なんだ、妹よ」

「郷《ごう》に入っては郷《ごう》に従えという言葉があります。客人とはいえ、ヴァンキッシュに来たからには私達もヴァンキッシュの流儀《りゅうぎ》に従うのが筋というもの」

懐《ふところ》から手袋を取り出し、両拳にはめます。

「そして殴り合うことがヴァンキッシュ流の歓迎というのであれば、それを断るのは礼儀に反します。というわけで――」

グッグッと両の拳を握り込み、しっかり手袋に馴染ませて撲殺準備完了です。

「本当は殴り合いなどしたくはありませんが、バーン陛下直々の〝歓迎〟。パリスタン王国を代表して、不肖《ふしょう》この私スカーレット・エル・ヴァンディミオンが受けさせていただきたいと思います。もちろん渋々ですよ、ええ。ああ、荒事なんて困りましたわね、本当に」

「満面の笑みで言うな！」

レオお兄様とナナカが私の両腕を掴んで引き留めてきます。

むぅ。ぐうの音も出ない程に完璧な理由だと思ったのですが、これでも殴る許可をもらえませんか。

さすがに力ずくで二人を振り解くわけにもいきませんし、どういたしましょう。

「――ハアアァァ……」

突然バーン陛下が盛大なため息を吐きます。

何事かと皆様の視線が向くと、バーン陛下は心の底から面白くなさそうな顔で口を開きます。

「つまらぬ」

蛇《ヒュドラ》の頭から立ち上がったバーン陛下は、虫でも払うかのような仕草で私達に向けて手をシッシッと振ります。

「アルフレイムが友と呼ぶ程の者達故、期待していたというのになんだこの茶番《ちゃばん》は。興《きょう》が削がれたわ、腰抜け共め。もう良い。消え失せい」

「っ！」

レオお兄様が焦った表情でジュリアス様の方を見ます。

ジュリアス様は黙したままバーン陛下の言動の真意を探っていたようですが、このまま静観していても追い出されるだけだと思ったのか、何かを言おうとして――

「威勢が良いのは口だけだったな。愚かな宰相《さいしょう》に良いようにされていた弱国の者達など所詮《しょせん》はこんなものか。まあ拳を合わせたところで、見るからに貧弱な貴様らと我とでは、およそ戦いと呼べる物にはならなかっただろうが」

ジュリアス様の出鼻をくじくようにバーン陛下がそう告げ、さらに私に視線を向けて言いました。

「狂犬姫だったか。大層な二つ名だが、ここで引き下がっているようでは所詮《しょせん》は男の言いなりになっているだけの、どこにでもいるただのつまらぬ女だな」

「あっ……」

ナナカが声を上げ、おそるおそるといった顔で私を見てきました。

ふふ。心配性ですわね、ナナカは。こんなあからさまな挑発に、私が乗るとでも？

「今すぐその二つ名を返上し、物騒なことには首を突っ込まずに、大人しく男に媚《こ》びへつらって愛《め》でられるだけの花でおれ。見てくれは良いのだ。相手には事欠かぬであろう？　そしてどこの馬の骨かも分からぬ男に愛され、存分に女の幸せを噛みしめるがいい。所詮《しょせん》女として生まれた意味など、それがすべてであろうしな」

「あっ……」

レオお兄様が声を上げ、おそるおそるといった顔で私を見てきました。

ふふ。心配性ですわね、レオお兄様は。こんなあからさまな挑発に、私が乗るとでも？

「バーン陛下。今この場で貴方を再起不能になるまでブッ飛ばしても、私は罪に問われませんか？」

「「思いっきり乗せられてる……！」」

レオお兄様とナナカが真っ青なお顔で叫びます。

そんな中、バーン陛下は私の発言に目を丸くした後、大口を上げて笑い出しました。

「はっはっは！　当然である！　むしろ殺すつもりで来い！　そうでなければつまらぬ！」

「それを聞いて安心致しました。これで心置きなく陛下をボコボコにブン殴れます」

拳をメキメキと握り込み、バーン陛下の下へと歩み寄ります。

背後ではレオお兄様がジュリアス様に「よろしいのですかこれで⁉」と問い詰めている必死な声が聞こえてきました。

それに対しジュリアス様は――

「……バーン陛下」

真剣な声でそう言うと、一呼吸おいてからそのままの声音で続けました。

「その撲殺姫に万が一殺されては答えられないので、今の内に次期皇帝を誰にするかこの場で遺《ゆい》言《ごん》を残していただきたいのですが」

「ジュリアス様ーーー⁉」

レオお兄様が頭を抱えて絶叫します。そして「うっ」と胃の辺りを押さえてうずくまってしまいました。おいたわしいですわ、レオお兄様。

「とんでもないことを言いますわね、この腹黒《はらぐろ》王子。とても正気とは思えません」

「今この場で貴女にだけはそれを言う資格はないと思うぞ、狂犬姫」

混沌としてきた私達の様子にバーン陛下は「くっくっ」と笑いを堪えながら言いました。

「挑発してみるものだな。まさかこのように愉快な答えが返ってこようとは」

目を見開いたバーン陛下が、修練場全体に響き渡るような大声で叫びます。

「安心せよ！　この先、万が一我が命を落とすようなことがあったとしても、次の皇帝を誰にするかはすでに我が従僕《じゅうぼく》であるルクにのみ伝えてある！」

それを聞いた直後、ジュリアス様が懐《ふところ》から手の平サイズの四角い箱――会話を録音する魔道具を取り出します。

まさかこの方――

「よし。後は好きにしていいぞ」

髪をかき上げ、ドヤ顔で口走るジュリアス様。

ずっとしゃべらないと思っていたら今までの会話をずっと録音して、私達の立場が不利にならないように言質を取っていたのですか。

あまりにも黒すぎます。そのあまりの黒さにドン引きしながらも、レオお兄様は眉根《まゆね》を寄せた必死の表情でジュリアス様に問いかけました。

「本当によろしいのですか……？　つい半日程前に私達の前でバーン陛下が体調を崩されたのを、ジュリアス様もご覧になったでしょう？　万が一のことがあれば、いくら録音で保険をかけていたとしてもただでは済みませんよ……！」

「体調に関しては問題あるまい。今バーン陛下が身に纏《まと》っている鎧、あれは以前に聞いた話によれば〝不死竜《ふしりゅう》の赤鱗《せきりん》〟という国宝で、ヴァンキッシュ帝国の皇帝に代々受け継がれてきた幻想級の魔道具だ」

不死竜の赤鱗――あの鎧からは並々ならぬ魔力を感じていましたが、そのような貴重な代物《しろもの》でしたか。

「その鎧は纏《まと》う者に対して、自身の心臓が止まらぬ限り無限の活力を与え続けるという。たとえどんな怪我や病を持っていたとしても、あの鎧を身に着けている間のみ、決して死ぬことはない。心臓を直接抉りだされたり、全身を一瞬で消滅させられたりしない限りはな」

それならばいくら私が殴ってもバーン陛下の御身が傷つくことはありませんね。好都合です。

「こちらとしてもアルフレイム殿が今現在、どれだけ次期皇帝に近い位置にいるのかを確認したかったところだ。スカーレットが殴り合いをするだけでバーン陛下がこちらに親近感を持って、情報が得やすくなるのであれば儲けものであろう」

そういえばレックスの低地病を治しにきた私達とは違い、ジュリアス様とレオお兄様がヴァンキッシュに訪問した理由は、アルフレイム様を皇帝に据える支援のためでしたね。

私の殴りたい欲求をうまく利用された形になるのは腹が立ちますが、それもパリスタン王国の未来のためと考えるなら是非もありません。

「そこまでおっしゃるのであれば……いや、それで本当に良いのかレオナルド……？　冷静に考えたらあり得ない事態を、私が混乱しているのを良いことに、うまく言いくるめられてはいないだろうか……？」

ジュリアス様にまんまと説き伏せられたレオお兄様が、地面に膝《ひざ》をつきながら自問自答をされております。

レオお兄様。お兄様のお言葉はすべて正しく、悪いのはすべて腹黒《はらぐろ》ド畜生《ちくしょう》ジュリアス様ですわ。ですが今はあえて指摘いたしません。なぜなら——

「もうこれ以上のお預けはごめんですので――！」

吐き出す言葉を背後に残し、地面を蹴った私の身体は瞬きの間に、腕を組んで仁王立ちするバーン陛下の目の前へと肉薄しました。

音を置き去りにする私の速度に、バーン陛下の目が見開かれます。

「狂犬姫などという二つ名には何の思い入れもありませんし、むしろ不名誉なものと捉えておりましたが」

腰だめに構えた拳を下からすくいあげるように、一気にバーン陛下の顎《あご》へと突き上げます。

「その名で呼ばれるということが、どのような意味を持つのか。その身でもって味わってくださいませ――クソ皇帝」

利き手のみに集中させた身体部位強化により、殺人的な威力を付与された私のアッパーは、ズシンと重い音を立ててバーン陛下の顎《あご》に突き刺さりました。

「殺《と》った……！」

「殺《と》るなあああ！」

レオお兄様の悲鳴が響く中、私は腰をひねって拳を回転させ、威力をさらに底上げしながら頭上に向けて拳を突き上げようとして――

「――体躯《たいく》に見合わぬ重い一撃。中々良い拳《もの》を持っているではないか、狂犬姫よ」

バーン陛下がニヤリと笑みを深くして私を見下ろしてきます。

「なっ……スカーレットの拳がまともに入ったのに!?」

ナナカの驚愕《きょうがく》の声に私も内心で同意します。まさか顎《あご》の筋肉だけで、この拳を止める方がいるなんて。

「次はこちらの番だな」

ゆっくりと両手を上に掲げたバーン陛下が、頭上で指を組み祈るような形に握り込みます。

大きな両手で形作られたそれは、まるで一つの鉄球のように見えました。

「砕けよ！」

裂帛《れっぱく》の気合と共にバーン陛下が、鉄塊と化した両手を私に向かって叩きつけてきます。

危険を察知した私の体は、考えるよりも速く両足で地を蹴りすぐさま後方に飛び退りました。

直後、バーン陛下の両手が私の影を追うように石床に叩きつけられて、巨岩が地面に激突したかのような轟音《ごうおん》が響き渡ります。

その威力たるや凄まじく、打撃された場所から半径十メートル程の地面が一瞬にしてクレーター状に陥没《かんぼつ》しました。

「なんという馬鹿力だ。さすがはヴァンキッシュ帝国史上、徒手空拳の戦いでは歴代最強と名高い〝拳帝《けんてい》〟。素手で大型の魔物や狂暴な野生の飛竜を殴り殺しているという噂は、どうやら本当だったようだな」

「冷静に分析している場合ですか⁉　スカーレット！　今すぐ戦いを中止するんだ！　今回ばかりはいくらお前でも分が悪い！」

特に私を心配するわけでもない腹黒《はらぐろ》い声と、私を心配してやまないレオお兄様の声が聞こえてきます。

確かに実際に目の当たりにしたバーン陛下の攻撃力は脅威の一言に尽きるでしょう。

華奢《きゃしゃ》な私の身体では一撃食らっただけで致命傷になりかねません。ですがそれはあくまで攻撃が当たればの話です。

「ほう。今の一撃を見ても顔色一つ変えぬか」

バーン陛下が陥没《かんぼつ》した石床の中心地で、愉快そうに私を見上げます。

「力自慢の殿方をいなすのは慣れておりますので」

私の答えにバーン陛下は「ふはは！」と笑うと、仁王立ちの体勢のまま右手を後ろに引きます。

「余程身のこなしに自信があると見える！　ならば――」

バーン陛下が拳の先端で地面を擦りながら、下から上へとすくいあげるようにアッパーを放ちました。

「これも見事防いでみせよ！」

拳によって砕かれた数え切れない程の石片が、私に向かって大量に飛んできます。

確かにこの密度の高い連続した攻撃を、一つ残らず避けきるのは至難の技でしょうね。

素直に避けようと思えばのお話ですが。

「しっ！」

飛んでくる数十の石片に向かって、両の拳を素早く突き出します。

パァン！　と小気味良い音を立てて、拳が当たった石が粉々に弾け飛んでいきました。

腰を入れたパンチではなく回転率重視の手打ちの攻撃ではありますが、石を破壊するだけならこの程度の破壊力で十分でしょう。

「これでよろしかったでしょう……か？」

すべての石を叩き落とし、再びバーン陛下の方に向き直ります。

しかしそこにはうっすらとした土煙が立ち上がるのみで、バーン陛下のお姿はどこにも見当たりませんでした。

私が石に気を取られた一瞬の内にどこへ――

「上だ！　スカーレット！」

ナナカの叫び声に頭上を見上げると、そこには天井近くまで飛びあがったバーン陛下のお姿がありました。

その両手は最初に私に放った一撃と同じように頭上で組まれていて、これから叩きつけるぞと言わんばかりに大きく振り上げられています。今度は空中から勢いをつけて、先程よりもさらに早い速度で突っ込んでくる気でしょう。

ですが、事前に来ることが分かっていればあんなみえみえの大振り、回避するのはたやすいことで――

【避けろ！】

突然脳内に直接、聞いたことがない殿方の声が響いてきます。そして次の瞬間、私の視界からバーン陛下の姿が完全に消失しました。

「――〝五感加速《アクセラレーションペンタセンシズ》〟」

反射的に加護を発動し、感覚を加速させて空間認識能力を拡大します。

周囲の時間がゆっくりと流れていく中、更新された私の視界には、すでに頭上一メートル近くの空中まで接近していたバーン陛下のお姿がありました。

「――〝加速三倍《アクセラレーションスリーバースト》〟」

すでにこの状態からの回避は不可能と判断した私は、加速《アクセラレーション》の加護を発動。

頭上に振り下ろされたバーン陛下の両手に向かって、渾身の左ハイキックを放ちます。

「っ！」

「ぬう⁉」

バーン陛下の両手と私の左足が頭上で激突し、バゴォ！　と、鈍い打撃音が炸裂します。

人智《じんち》を超えた破壊力を持つ攻撃同士の衝突により、バーン陛下と私は弾かれるように真逆の方向に凄まじい速度で吹っ飛びました。

「「スカーレット！」」

レオお兄様とナナカの焦りを帯びた叫び声が聞こえてきます。

このままの勢いで壁にぶつかれば、たとえ身体強化された状態であっても負傷は必至でしょう。

ですがご安心を。感覚が強化されている今、そのまま素直に壁まで飛ばされるような無様な真似は致しません。

「ふっ！」

地面すれすれの空中を飛ばされながら強引に身をひねり、くるくるときりもみ状に回転することで勢いを殺します。

さらに時折地面に指や足のつま先を伸ばして擦りつけることで、ブレーキをかけて速度を減衰。

壁にぶつかるギリギリの位置で完全に勢いを殺し切った私は、無傷のまま石床に着地しました。

「随分と遠くまで飛ばされましたね」

攻撃が激突した中央の位置から、およそ二十メートル以上は吹き飛ばされたでしょうか。

レオお兄様とナナカが、遠くで安堵《あんど》の表情を浮かべています。

さて、私に蹴り飛ばされて、私以上の勢いで飛んでいったバーン陛下はどうなったのかしら。

「ふははははは！　良いぞ良いぞ！　我と同等に徒手空拳で渡り合う人類など初めてだ！　実に面白い！」

視線の遥か先、私と対角線に位置する壁にめり込みながらバーン陛下は腕を組んで仁王立ちをしていました。

そしてこちらまで届くような大声で愉快げに笑っています。

「……本当に人間ですかあのお方」

最初の顎《あご》への一撃もさることながら、三倍に加速した私の蹴りを食らい、無防備に壁に激突したのにもかかわらずまったくの無傷。

しかも驚くべきことに加護を発動したような身振りや気配が一切見当たりませんでした。

あの鋼鉄《こうてつ》のゴリラ、アルフレイム様ですら加護ありでようやく防げるような一撃を、です。

「――面白いですわね」

固いお肉を叩く感触は正直あまり好きではありません。

ですが、これだけやっても打撃を通せない常軌《じょうき》を逸した密度のバーン陛下の筋肉。

これを破壊した時に得られる達成感たるや、でっぷりした悪い貴族のお肉を殴った時と、比肩《ひけん》するものになるという確信があります。

「ヴァンキッシュ製の特上ロイヤルお肉――隅から隅まであますことなく、この拳で味わわせていただきますわ」

食前の挨拶と共に両足を身体強化して、地面を蹴ります。

さらに三倍の加速《アクセラレーション》を重ねがけして、先程のバーン陛下の高速落下にも勝る速度で接近。

視界の景色が急激に後ろへと流れていき、遠くにいたバーン陛下のお姿が一気に間近に迫ります。

「そうだ！　全力で打ってこい！　次期皇帝の王妃たり得るか！　その一撃で見定めてくれようぞ！」

両腕を広げて無防備な状態になるバーン陛下。

何か聞き捨てならない言葉を口走っていた気がしますが、一発殴らせてくれるというのであれば喜んでブチ込ませていただきましょう。

「――〝加速五倍《アクセラレーションペンタドライブ》〟」

バーン陛下から三メートル程の距離まで接近してから加速《アクセラレーション》の加護を限界まで引き上げます。

腰だめに構えた左拳に意識を集中――狙うは最も筋肉が引き締まったバーン陛下のお腹の中心。

「ぶっ飛びなさいませ」

つぶやきをその場に残し、最後の一歩を踏み出します。

踏み込みの激しさに石床が砕ける中、私は最大加速の一撃をバーン陛下に向けて放とうとして――

「だ、だめーーー！」

バーン陛下を守るように両腕を広げて眼前に飛び込んできたルクさんの登場に、思わず目を見開きます。

そして次の瞬間――

「っ⁉」

ルクさんの口から紫紺《しこん》の吐息《ブレス》が濁流のように吐き出されました。

それを間近で浴びた私は拳を突き出そうとした体勢のまま、全身から力が抜けてその場に膝《ひざ》から崩れ落ちます。

「スカーレット！」

珍しく焦った様子のジュリアス様の叫び声が遠くから聞こえてきました。

それ程までに、私の今の立ち位置は危険に見えたのでしょう。

しかし、吐息《ブレス》を受けている当の私はただただ困惑していました。

「痛みや熱はまったく感じませんね。ですが、これは――」

全身に力が入らず、熱にかかった時のような気だるさを感じます。

それはまるで加護を使いすぎて消耗している時のようでした。

それもそのはず、まだ余力を残していたはずの加護の力が、もうほとんど底をついています。

「……どうやらルクさんの吐息《ブレス》には体内に溜め込んでいる加護を消失させる力があるようですわね」

つぶやきながら顔を上げると、丁度吐息《ブレス》を吐ききったルクさんが地面にうつ伏せに倒れるところでした。

それと同時に倒れたルクさんの全身から急激な勢いで蒸気が湧き上がります。

数秒後、蒸気が晴れると、少年だった彼の身体は紫紺《しこん》の色をした全長五メートル程の飛竜に姿を変えていました。竜人でいられる限界を超えてしまったのでしょう。

飛竜と化したルクさんは気絶してしまったのか、その場からピクリとも動きませんでした。

「なんということだ……！」

地の底から響いてくるような低い声に視線を向けると、ルクさんの身体を挟んだ向こう側でバーン陛下が拳を握りしめて、身を震わせておりました。

おそらくはルクさんに戦いの邪魔をされたことを不快に思われているのでしょう。

「バーン陛下。ルクさんをお叱りにならないでくださいませ」

確かに私としても据え膳で拳を止められた消化不良感は否めませんでした。

ですが、侍従として主を必死に守ろうとしたルクさんのお気持ちは汲んでしかるべきでしょう。

全力で人を殴れる昂りで我を忘れておりましたが、私が放った先程の一撃は明らかに人に向けて良い物ではありませんでしたから。

　止めてくれたルクさんには感謝しなければいけませんね。

「彼は彼なりに必死に、自分の身を呈してまでこの不毛な戦いを止めようとしたのです。ですから――」

「おおお！　ルクよ！　我が愛しの愛騎《あいき》よ！」

　突然ぶわっと涙を流しながら、バーン陛下がルクさんの身体を抱き締めます。

「お前をこんな目に遭わせてしまうとは！　すまなかった！　もうお前の意志を無視して戦うことは絶対にせぬ！　本当にすまなかった！　うおおお！」

　泣きながらルクさんの顔に頬ずりをするバーン陛下の姿に、私の理解がまったく追いつきません。

　あの、怒っていたのではなかったのですか？

「……これは一体どういうことなのでしょう」

　私が困惑していると、こちらに駆け寄ってきたジュリアス様達もその様子を目の当たりにして、驚きを隠せないようでした。

「侍従に対してもここまで心を砕かれるお方だったとは……ご立派です」

　レオお兄様が感激した様子でうんうんと頷かれます。

　それに対してナナカとジュリアス様は何か察したような顔で言いました。

「そういえば噂に聞いたことがある。ヴァンキッシュには本当の恋人のように竜を愛してやまない病的な飛竜愛好者《ドラゴフィリア》がいるって」

「愛の形は人それぞれだ。我々がとやかく口出しをする権利はない」

なるほど、そういうことでしたか。

確かにルクさんは飛竜にしては大きすぎず丁度良いサイズで、紫色の竜鱗もすべすべしていて触り心地が良さそうです。

愛《め》でたくなる気持ち、私もとても分かります。ですが――

「パリスタンの客人達よ。すまぬが我は今すぐにルクを部屋に連れ帰らねばならぬ」

バーン陛下が自分の身体よりも倍以上に大きいルクさんを軽々と担ぎ上げます。

「この埋め合わせは後日必ずさせてもらう故、今宵はここで失礼させていただく。さらばだ」

そう言って背を向けたバーン陛下は、こちらを振り返ることなく修練場から出て行かれました。

そのお姿に私はわずかな違和感を覚えます。

あんなにも溺愛されているのならばなぜ、謁見《えっけん》の時にヴァルガヌス様がルクさんにきつく当たった時に、激昂《げっこう》されなかったのでしょう。

ルクさんが人間の姿だったからでしょうか？

それとも大勢の方の目があったので、皇帝である自らの立場を重んじて気にしていない素振りをしたのでしょうか？

「……私の考えすぎなら良いのですが」

そういえばバーン陛下の攻撃を受ける直前、頭に響いてきた殿方の声は一体何だったのでしょう。

念話のような特別な力を持った知り合いなど精霊の力を使えるディオスさんくらいのものですが、

あの声はまったく聞いたことのない殿方のものでした。

「分からないことだらけでもやもやしますわ」

いかんともしがたいこの状況。誰かを殴って一度気分をスッキリとさせたいものですわね、まったく。

◆　◆　◆

夜も更けた頃。ヴァンキッシュ帝国の皇宮内は、いつになく厳重な警備態勢が敷かれていた。

廊下には絶えず近衛兵が巡回《じゅんかい》し、普段なら軽口を叩き合う彼らも今日ばかりは無言で警備に従事している。

そんな中、ヴァンキッシュの鎧を身に着けた俺――シグルド・フォーグレイブは、廊下《ろうか》の途中で立ち止まり、窓から見える月を眺めながらつぶやいた。

「俺はなぜ、こんな場所でこんなことをしているんだ……？」

時間はさかのぼること一か月と少し前。俺はパリスタン王国の王宮秘密調査室の本部を訪ねた。

室長室には室長であるレオナルド様とジュリアス様がいて、それは俺にとって正に好都合といえる状況だった。

「――王国騎士団を辞めてきました」

俺の一言にレオナルド様の顔が硬直し、手に持っていたティーカップを机に落とした。

ガシャン、と音を立ててティーカップが割れ、中の紅茶が机に置いてあった報告書を濡らす。

いつもの几帳面なレオナルド様であれば、すぐに報告書を手に取って水から避難《ひなん》させそうなものだが。

それほどまでに俺の一言が衝撃的だったのか。

「それで、これからは王宮秘密調査室で働きたいと？」

口元に自分のティーカップを運びながら、なんの動揺《どうよう》もない平然とした表情でジュリアス様がそう言った。

このお方のことだ。俺がここに来た時点で、何を言おうとしていたかなど、すべて見透かしていたのだろう。恐ろしいお方だ。

「……待て。待て待て待て待て待て！」

レオナルド様は片手で顔を覆いながらそう言うと、一つ大きく深呼吸をする。

そして手を下ろすと、困惑した顔で言った。

「順を追って説明してくれ。まずなぜ騎士団を辞めたのだ？　つい三か月前に正式に王国騎士として配属されたばかりではないか！」

三か月前。王立貴族学院を卒業した俺は、晴れて王国騎士団に正式に入団した。

俺の一族フォーグレイブ家は代々パリスタン王国に仕える名門の騎士家系で、現騎士団長は俺の父でもある。

だから俺が王国騎士団に入団することは、生まれた時から決まっているようなものだった。

そのことに疑問を抱いたことはないし、国の平和を守るために騎士団で鍛え上げた剣を振るうことは、俺にとって誇らしいこと……のはずだった。

「辞めた理由は、騎士団よりもこの王宮秘密調査室での任務をこなす方が、俺の理想に適うと思ったからです」

俺の言葉にレオナルド様は眉をひそめて言った。

「理想？　お前の理想は騎士団に入って国を守るために剣を振るい、正義を為すことではなかったのか？　それにお前が言っていたのだぞ。ここで働くのはあくまで騎士団に正式に入団が許される十七歳、学院を卒業するまでだと」

レオナルド様が言っていることはすべて事実だ。当時、俺が学院在籍時にここにスカウトされて働いていた三年間。

手を抜けない自分の性格上、誰よりも真面目に任務をこなしていた自負《じふ》はあった。

だがここで働く時間をもっと鍛錬に回して、将来正式な騎士となった時に備えたかった気持ちがあったのは確かだ。

そう、俺の中で王宮秘密調査室で働くということは、自分の理想を叶えるには遠回りの選択のはずだったんだ。

「ここでの任務をこなしていき、今まで知る由もなかった国の実情を垣間見ることで、考えが変わったのです」

俺は何も知らなかった。いや、知ろうともしていなかった。

騎士にさえなれれば正義を為せると。この国を脅かす悪の手から、平和を守ることができると。

盲目的に信じ込んでいた。

「ゴドウィンの一件で王国騎士では通せぬ正義もあると知ったか」

ジュリアス様の言葉に、俺は深くうなずいた。元宰相《さいしょう》ゴドウィンによる悪逆非道《あくぎゃくひどう》な行いの数々。

そしてそれに付随《ふずい》する、第二王子派の悪徳貴族達が行っていた数え切れない程の犯罪。

これらを薄々と分かっていながら、王国騎士団は手をこまねいて見ていることしかできなかった。

だがそれは仕方ないことだった。なぜなら王国騎士とは悪を裁く者ではなく国や民を守るもの。

国の命令がなければ何の権利も持たず、また、国自体に腐敗《ふはい》が広がっていた場合にはそれを正すこともままならない。

「パルミア教の一件もそうです。国を脅かす絶対的な悪が蔓延《はびこ》っていたというのに、王国騎士団に情報が入ってきたのはすべてが終わった後のことでした」

結局のところ王国騎士でいる以上、俺にできることは国からの命令を忠実に守り、平和を維持することだけなのだ。

それが悪いとは言わない。いざという時のために備え、守ることに徹するのも、国のためになくてはならない役割だ。

だがそれは、俺が理想とする正義とは違う。

「自らの手と意志で剣を振るい、悪を根絶するために戦う。俺が幼い頃から剣の腕を磨いてきたのはそのためです」

「国の腐敗《ふはい》を正すために独自の捜査権限を与えられた王宮秘密調査室であれば、自分の理想である正義を叶えることができると、そう思って戻ってきた。そうだな？」

「はい。その通りです」

俺の答えにジュリアス様は「ふむ」と首肯してから、この状況を楽しんでいるかのような愉快げな表情を浮かべてレオナルド様に言った。

「どうするレオナルド室長。シグルドの決意は固そうだぞ」

「どうするも何も……騎士団長であるフォーグレイブ卿に退団の許可はもらっているのか？」

「先程騎士団本部に騎士団章を返却し、辞める旨を書いた辞表《じひょう》を提出してきました。父上には先日、騎士団をもし辞めるのであれば勘当《かんどう》すると言われているので、もう家に俺の籍はないでしょう」

「お前……誰よりも品行方正で真面目だったというのに、いつからそんな破天荒な振る舞いをするようになったのだ……？」

大きくため息をつき、落ち込んだように肩を落とすレオナルド様。

その隣でジュリアス様は「くっくっ」と笑いながら、とんでもない一言を口走った。

「シグルドが誰の影響を受けてこうなったかなど、わざわざ考えるまでもなかろうよ。お前の妹の狂犬姫だ、そうであろう？」

「はあ!?　シグルド！　そうなのか!?」

「い、いえっ！　確かにスカーレット様の悪を絶対に許さない苛烈《かれつ》な姿勢に敬意を抱いてはおりますが、断じてそれだけが原因では――」

「それ〝だけ〟が!?　ではスカーレットが原因の一つではあるのだな!?」

目を見開いて身を乗り出してきたレオナルド様に気圧されながら、俺は返答に詰まってしまった。

今思えば確かにレオナルド様の言う通り、こんな人生をひっくり返すようなことをしているのは、真面目に生きてきた俺らしくもないことだ。

以前の俺であればたとえ理想と違っていたとしても、騎士団という枠組みの中で自分なりの正義を目指したのかもしれない。

だがあのお方――スカーレット様に出会った時に、俺の価値観は一気に塗り替えられた。

あんなにも美しく完璧な淑女然とした女性が、悪党を殴り蹴り、血しぶきを浴びながら可憐《かれん》な笑顔を見せるその様を見て。

公爵家の令嬢に生まれて第二王子の婚約者でありながらも、あのような生き方をすることもできるのだと、そう思い知らされた。

ここで影響を受けたのか？　と聞かれて、いいえと答えるのは嘘になるだろう。

「ま、まあ……はい……そうですね」

口ごもりながら答えると、レオナルド様は頭を抱えて机に突っ伏してしまった。

「なんということだ……将来有望な次期王国騎士団の団長にもなり得る人材を、我が妹が原因で道を踏み外させてしまうとは……」

「いいえ、レオナルド様！　俺がスカーレット様に勝手に影響を受けただけですので、あのお方には断じて責任はありません！」

「はっはっは。やはりスカーレットが関わると愉快なことばかり起こるな。よし、シグルドの再雇用を私が認めよう。良いな、レオ」

「何も面白くありませんが!?　ううっ……フォーグレイブ卿になんとお詫びをすれば良いか……」

胃を押さえて薬を取り出すレオナルド様と、それを見て口元を押さえて笑いを堪えるジュリアス様。

そんな光景を見ていると、自然と自分の口角が緩んでいくのを感じた。

そうか、俺はこのお二方と共にいられるこの空間のことを、存外に心地良く感じていたのだな。

「そうだ。早速だがお前にしか頼めないおあつらえ向きの任務があったのだった。受けてくれるか？」

ジュリアス様の依頼に俺は姿勢を正し、敬礼《けいれい》をしながら答えた。

「はっ！　シグルド・フォーグレイブ、今より王宮秘密調査室の任に就かせていただきます！」

俺の答えにうなずいたジュリアス様は、笑顔で言った。

「ではお前には明日からヴァンキッシュに行って、帝国騎士になってもらおう。頼んだぞ」

「…………は？」

こうして俺は身一つでヴァンキッシュ帝国に旅立つこととなった。

任務は皇宮内で機密情報を情報収集すること……平たく言えば諜報員《スパイ》だ。

なぜそのようなことをする必要があるのかというと、ジュリアス様はヴァンキッシュの第一皇子と同盟関係を結んでおり、彼が皇位に就くための支援をしていて、その一環として一早く情報が集まる皇宮内での諜報《ちょうほう》活動が必要不可欠とのことだった。

それならば部外者である俺ではなく、内情に詳しい第一皇子が諜報員《スパイ》を出せば良いのではと思ったが、どうも彼の周りには諜報《ちょうほう》活動に向く人材が一人もおらず、そもそも顔が割れている可能性が高い内部の人間では警戒されるとのことらしい。

そういった事情からヴァンキッシュに着いた俺は、ジュリアス様からあらかじめ話を通してあった第一皇子の手引きの下、近衛兵としてこの皇宮に潜入することになったというわけだ。

「元騎士である俺がこそこそと諜報員《スパイ》の真似事とは……なんのために騎士団を辞めてまで王宮秘密調査室に入ったと思っているんだ……」

そもそもヴァンキッシュ帝国の第一皇子と言えば、ゴドウィンと手を組みパリスタン王国を転覆《てんぷく》させようとしていた張本人ではないか。

そんな人物と手を組み、支援するとは一体ジュリアス様は何をお考えなのだろうか。政《まつりごと》に疎い俺が口を出せる話ではないのは分かってはいるが、あの第一皇子こそ我が国を脅かす悪。

つまり俺が討つべき相手ではないのか？

「そもそもこういったことは俺ではなく、その道の達人である獣人族のナナカの方が絶対に向いて――」

窓の外に見える二十メートル程離れた位置にある外廊下。そこに現れた二人組の姿を見て、俺は眉をしかめた。

「あれは……軍師将軍ヴァルガヌスと近衛兵団団長イフリーテか……？」

この国の次期皇帝候補の二人。そんな二人がどこか焦ったような表情で、外廊下を早足で歩いている。

「こんな夜更けに、あのように急いでどこへ行くつもりだ……？」

彼らはジュリアス様から特に注視《ちゅうし》し、可能な限り情報を探れと言われている者達だった。

余程警戒しているのか、今まで一度も尻尾を出すことがなかった二人だが、今日に限ってはどうやらその余裕もない程のことが起こったらしい。

「……行くしかないか」

一度やると決めたからには不本意なことであっても絶対に手は抜かない。

我ながら損な性分ではあると自覚しているが、自分の心に立てた誓いを破るのは俺の自尊心《プライド》が許さなかった。

「確かこの先は……」

二人が行く外廊下の先には確か、皇帝が住まう炎帝殿があったはずだ。

俺は気づかれないよう一定の距離を保ちつつ二人を追った。

廊下を出るとそこには大きな庭が広がっていて、その中央には赤色の壁と屋根に金の派手な竜の装飾が施された宮殿——炎帝殿が広がっていた。

「見張りがいない……なぜかは分からないが好都合だな」

二人が宮殿に入った後、俺は周囲に誰もいないことを確認してから殿内に忍び込んだ。

わずかな灯りが燈った薄暗い殿内は、やはり人払いがされているようで近衛兵はおろか、宮仕えの使用人の姿すら見当たらない。

警戒しながら廊下を進んでいくと、突き当たりにある大きなドアの向こう側から話し声が聞こえてきた。

「ふざけるな！　俺は認めねえぞ！」

耳をそばだてる必要もない程に響いてくる大声はおそらくイフリーテのものだろう。

「認めようが認めまいが関係ない」

続いて聞こえてきた淡々とした声はヴァルガヌスのものに違いない。

他の人間の気配は感じないところから、どうやら二人で密談をしているようだが、一体何の話をしているのだろうか。

「バーン陛下は次期皇帝にアルフレイムを選んだ。それが現実だ」

アルフレイム……あの第一皇子が次期皇帝に？

では第一皇子を皇帝に押し上げるというジュリアス様の思惑《おもわく》は見事に叶った、ということか。

「なぜだ！　俺とあのクソ野郎、どっちが上か決まってもいねえのに！　陛下は俺を見捨てたってことか!?」

「昔のヴァンキッシュではあるまいし、武力の優劣《ゆうれつ》など陛下にとってはどうでもよいのだよ」

ハッと鼻で笑うような声の後、低く怨嗟《えんさ》にまみれた声音でヴァルガヌスが言った。

「……陛下がアルフレイムを評価したのは、パリスタン王国の王子と友誼《ゆうぎ》を結んだことで、長年敵対していた我々と彼の国の仲を取り持ったというその一点にあるのだからな」

「戦うことから逃げて馴れ合いを選ぶことが評価に値するだと……⁉　他でもない、戦い続け侵略することで他国に名と強さを知らしめて恐れられた陛下が、今更どの口でほざきやがる！」

バキッ！　と何か木材が壊れるような音がドアの向こうから聞こえてくる。かなり大きな声で話している上にこの荒れようだと、さすがに宮の者が駆けつけてくるかもしれない。

そろそろこの場を後にした方が良さそうだ。そう思いドアから耳を離そうとしたその時、ヴァルガヌスが言った。

「どうやら来たるべき時が来たようだ。覚悟を決めろ、イフリーテ」

少しの間を空けてから、ささやくようにヴァルガヌスがつぶやいたその言葉に、俺は驚愕《きょうがく》した。

「……今宵陛下を──殺す」

「……っ⁉」

思わず声が出そうになり口元を手で覆う。今、皇帝陛下を殺すと、そう言ったのか？

ではこれはもしや、謀反《むほん》を起こすための密談、ということか。

「……陛下は俺の手でやる。テメエは手を出すな」

イフリーテの声が聞こえた後、俺はすぐさま身を翻《ひるがえ》して炎帝殿から出た。

「一刻も早く、この情報をジュリアス様に伝えなくては……！」

はやる気持ちを抑えながら、足音を立てずに早足で行く。

外廊下を通り過ぎ、周囲に人影がないことを確認して皇宮の廊下へと戻った俺は――

「――逃が……さない」

視界の先、暗い廊下の奥から響いてくる声を聞いて足を止めた。

「……何者だ」

灯りが消えた廊下の奥には、黒い人影が立っている。

それはかろうじて人と分かる形状をした、黒い霧の塊だった。

「逃が……さない……お前……だけは……」

人影がしゃべる途切れ途切れのその声は、ガラガラとした雑音が混じった不明瞭なもので、声の主が男なのか女なのかすら分からない。

だがこの追っ手と思われる何かは俺を「逃がさない」と言った。

もしや俺が謀反《むほん》の密談を聞いていたことが、すでに皇宮に知れ渡っているのだろうか。

それにしては他の兵が駆けつけてくる様子はないが――

「死ね……パリスタンの……猿……！」

考える間もなく、殺意を剥き出しにした人影が、廊下の奥から俺に向かって凄まじい速度で迫ってくる。

情報を持ち帰るために戦わず逃げる選択肢もあったが、重い鎧を着た今の状態では到底この人影からは逃げ切れる気がしなかった。

「――やるしか、ないのか」

腰の鞘から剣を抜く。人影はすでに眼前に迫っていた。

◆　◆　◆

バーン陛下と殴り合いをした翌日。私は業火宮の客人用の寝室で目を覚ましました。

「ん……」

窓のカーテンから差し込む日差しに目を細めます。

お日様の高さから察するにもう時刻はお昼を回っているようでした。

昨日はかなり加護を消費したので、体力を回復するために体が長い睡眠時間を必要としたのでしょう。

「ナナカ、起きていますか……？」

ベッドから身を起こし、部屋の隅に置かれたナナカ用の小さな寝床に声をかけます。

「すぅ……すぅ……」

目を閉じ、身体を丸めたナナカは寝息を立ててぐっすりのようでした。

最近は私達の時間帯に合わせて昼間も起きていましたが、元は夜行性の獣人族ですものね。

今日はゆっくりと休ませてあげましょう。

「さて」

ベッドから立ち上がり、鏡の前に向かいます。

今日はこれからヘカーテ様にお話を聞きに行く予定なので、その前にしっかりと身だしなみを整えなければなりません。

昨日のバーン陛下の件もありますし、ジュリアス様達の行動も気にはなりますが、ヴァンキッシュに私達がやってきたのはあくまでレックスの低地病を治すためですからね。

政治的な会談は専門の方々にお任せして、私は自分が為すべきことを為しましょう。

「スカーレット様！　お目覚めでしょうか！」

髪を梳《と》かそうと櫛を手に取ったところで、ドアの外から女性の声が聞こえてきました。

一瞬、お給仕《きゅうじ》の方かしらと思いましたが、この業火宮にいるのは皆アルフレイム様を慕っている女性だけで、給仕《きゅうじ》するメイドさんや執事の方はいないとお聞きしているので、おそらくは先日殴り合いをした方の誰かでしょう。

「はい。どうぞお入りになってくださいませ」

「失礼します！」

ドアが開くと、外から四人の女性の方々が満面の笑顔で入ってきました。彼女達は手にそれぞれ大きな木の籠を抱えていて、私の前まで運んでくるとそれを地面に下ろします。

一体何をしに来られたのでしょう。首を傾げる私に、女性の一人が元気よく言いました。

「おはようございます、スカーレット様！　昨晩はゆっくりお休みになられましたか？」

「ごきげんよう、皆様。ええ、おかげさまでゆっくり体を休めることができました、わ……？」

女性の背後でおもむろに籠を開け始めるお三方。

籠の中には見たことのないデザインのドレスと、身だしなみを整える様々な道具が入っていました。ああ、わざわざ身だしなみのお手伝いをしに来てくださったのですね。

元来給仕《きゅうじ》をする方々ではないでしょうに、私が貴族の令嬢なので気を遣っていらっしゃるのでしょう。

「お気遣いありがとうございます。ですが私、寮暮らしをしておりましたし自分で身だしなみを整えるのは慣れておりますので、皆様の手を煩わせる必要は――」

「スカーレット様！」

女性達が一斉に身を乗り出してきて、驚いた私は少し身を引きます。

彼女達は熱意がこもった目で私を見つめながら言いました。

「「「どうかお願いですからあたし達に身だしなみを整えさせてください！」」」

一時間後。

「はぁぁぁ……！」

身だしなみを終えて鏡の前に立つ私の後ろで、女性達が嬉しそうな声を漏らします。

私は左右に体を少し振り、自分の装いを確認しながら言いました。

「これがヴァンキッシュの宮廷衣装《きゅうていいしょう》ですか」

シルクのようなサラサラな手触りの生地《きじ》。

体にぴったりと張り付くようにフィットし、肩口から先が切れていて、足元には大胆にスリットが入った造形。

裾にはフリルがあしらわれ、胸元から足元にかけて豪奢《ごうしゃ》な金の竜が大きく刺繍《ししゅう》されたその赤いドレスは、パリスタン王国の宮廷《きゅうてい》衣装《いしょう》とは違い、見た目の派手さはそこまでないものの、高級感と動きやすさを兼ね備えていて、実に私好みの意匠《いしょう》でした。

「一目見た時から着てもらいたいと思っていたけど……」

「やっぱり素材が良いと違うわ……」

「眼福《がんぷく》すぎる……」

「ありがたや……」

手を合わせて私に頭を下げる女性の方々。感謝するべきはこちらの方ですのに、なぜか拝まれてしまいました。

「髪も綺麗に整えていただき、感謝いたします。この髪型、首元が涼しくてとても気に入りましたわ」

髪は頭の左右で結ってお団子にしてもらい、残った部分は編み込んでおさげにしていただきました。これもヴァンキッシュの尊い血筋の方の間では伝統的な髪型のようです。

「いえ！　感謝するのはあたし達の方です！」

「あたし達はほら、がさつで喧嘩っ早いし、そういうお上品な感じは全然似合わないんで、完全に見る専門なんで！」

「毎日武術の鍛錬をしてるからタコができて手もこんなだし！」

「そうそう、こんなゴツイ体じゃドレスの方も着られたくないってね！　あはは！」

そう言って明るく笑う彼女達を見て、私は首を横に振ります。

「――そのようなことはありません」

一人の手を取り、見つめます。驚く皆様を見渡して、私は微笑みながら言いました。

「皆様の手や体はアルフレイム様を支えようと日々、努力した結果が現れた物。誇りこそすれ、恥じる必要など一つもありません」

「……！」

「そんな皆様が美しく着飾ったドレス姿、私はとても素敵だと思います。アルフレイム様もきっとお褒めになることでしょう。というか褒めないと殴ります」

私の言葉に感じ入る物があったのか皆様は目を潤ませます。そしてわーっと声を上げてこちらに抱き着いてきました。

「スカーレット様……いや、スカーレットお姉さま！」

「そんなこと言われたの、あたし達初めてです……ううっ」

よしよしと皆様の頭を撫でて差し上げます。まったく、アルフレイム様もなっておりませんわね。こんなにも素敵な女性達を思い詰めさせてしまっていたなんて。

「ところで皆様。ヘカーテ様にお会いしたいのですが、案内していただくことはできますか？」

私の質問に女性達が申し訳なさそうに答えます。

「すみません、ヘカーテ様は昨日からずっと眠られていてまだ起きないんです」

「どうもずっと人間の姿でいると魔力の消耗が激しいみたいで、回復するために長い睡眠が必要だとかで」

「寝ている時に起こすと大変機嫌が悪くなって、また宮殿を壊しかねないんで」

「早ければ明日には起きると思うんですけどね」

ああ、加護の消耗をした後の私と似たようなものですね。それならば仕方ありませんか。

「ではこの国で飛竜について詳しく書かれている資料が保管してある場所をご存じではありませんか？」

「ああ、それなら――」

女性の内の一人が答えようとしたその時、部屋のドアがノックされました。

入室を許可されて部屋に入ってきた業火宮の女性は、私に会釈《えしゃく》をしてから言いました。

「ジン様が門の外でスカーレット様をお呼びになっていますよ」

ジン様が？　一体何の御用でしょう。

「お伝えいただき感謝いたします。今参りますわ。それでは皆様、また後程」

「「「行ってらっしゃいませ！　スカーレットお姉様！」」」

女性達に送り出されながら部屋を出ます。

廊下を歩き殿内の入口から庭に出ると、開いた門の外でジン様が立っているのが見えました。

「お待たせいたしました。ごきげんよう、ジン様。私に何か御用ですか？」

門まで近づきジン様に会釈《えしゃく》すると、ジン様は私に小さく会釈《えしゃく》を返してから口を開きます。

「おはようございます。俺の用件を済ます前に、不躾《ぶしつけ》ですがスカーレット様に一つお聞きしたいことがあります」

「はい。何なりとお聞きくださいませ」

少し躊躇するような素振りを見せてからジン様は言いました。

「……低地病に関して、まだ調べておいでですか？」

「ええ。今日はそのためにヘカーテ様に詳しいお話をお聞きするつもりだったのですが、どうやらお疲れで眠られているようで、どうしようかと悩んでおりました」

「それでは、これをどうぞ」

ジン様が手に持っていた一枚の紙を私に差し出してきます。その紙には皇宮書庫使用許可証と書かれておりました。

「皇宮の書庫にはこの国の歴史と飛竜にまつわる資料が膨大に収められております。低地病を治す手がかりになるかは分かりませんが、少しでも助けになれば幸いです」

「ジン様がわざわざ許可を取ってきてくださったのですか？」

そう言ってうなずくジン様の表情は、普段と変わらない淡泊で淡々としたものでした。

ですが少ないながらも何度かこの方と接した私には、もう分かっております。

表情や言葉には出さなくとも、このお方は実はとても情の深いお方だということが。

「お気遣い感謝いたします。早速皇宮に向かおうと思いますわ」

深くお辞儀をしながらそう言うと、ジン様は首を横に振ります。

「先日も言いましたがレックスは幼き頃より紅天竜騎兵団で共に戦ってきた戦友。戦士として、友の身を案じるのは当たり前のことです」

戦士――先日に衛兵の方が名乗っていた時には冗談のようにしか聞こえませんでしたが、ジン様が言うのであればその言葉に何の疑いもありませんわね。

「俺も皇宮までお送りできれば良かったのですが、この後巡回《じゅんかい》の任務がありまして」

「お気になさらずに。元より一人で向かう予定でしたので」

そう言うと、ジン様がなぜか少し困ったように眉根《まゆね》をひそめます。どうされたのでしょう。

「……実は、俺の代わりにスカーレット様を皇宮の書庫まで是非案内したいと申し出ている非番の者達がおりまして」

「あら。私と顔見知りの方でしょうか」

「はい、一応……おい」

ジン様が私からは死角になっている門の外に声をかけます。

するとそこから半袖のラフな服を着た四人の褐色《かっしょく》肌の殿方が飛び出してきました。この方々には見覚えがあります。

確か以前、ハイキングでパルミア教の残党《ざんとう》と戦った時に行動を共にした――

「「「「ちょりーっす！　スカぽよ、お久！」」」」

四人が満面の笑みで一斉に下向きのピースをしながら声をあげます。そう、とてもノリが軽い紅天竜騎兵団の四人組の方々でした。

私が苦手としているのは言うまでもありません。

「あれ!?　スカぽよイメチェンした!?」

「なんかめっちゃウチらの国っぽいじゃんね！」

「超イケてんじゃん！　っぱ美人がやると映《は》えるわー！」

「業火の花嫁最高！　うぇーい！」

……こんなやかましい方々と、これから書庫へ？　なんだか頭痛がしてきました。

「……お前達。しばかれたくなければ少し黙れ」

ジン様が怒りを帯びた口調で静かに言うと、四人組はビクッと震えて黙り込みます。

静かになったのを確認するとジン様は小さくため息をついてから言いました。

「馬鹿な部下達ですが、土地勘はあるので道案内にお使いください。何かふざけたことを言うようなら怪我をさせない程度であれば殴っても構いませんので」

「……はい。分かりましたわ」

ジン様はもう一度四人組の方に視線をやり、念を押すようにじっと見つめてから去っていきました。

「ジン副隊長《パイセン》相変わらずこえー」

「あと一秒黙るの遅れたら肩パンされてたっしょあれ」

「とりま今回は大人しくしとくべ」

「だな。肩パンされて腕上がんなくなったら明日からの任務で地獄みるっしょ」

ひそひそと小声で話し合う四人組の方々。

まあ、大人しくしているつもりのようですし、道案内があった方が助かるのは事実なので、多少のやかましさは我慢するとしましょうか。

「んじゃ、姫を連れてちゃちゃっと皇宮まで行きまっしょい！　よいしょ！」

「「「よいしょー！」」」

……やはり一人で行った方が良いのでは？


皇宮の書庫。

縦横二十メートル程の広さのその場所には所せましと本棚が並んでおり、大量の本と紙の資料が整然と保管されておりました。入口のドアは常に開いており、部屋内には文官と思われる方々が時折出入りしては、本や資料を確認しています。

そんな中、私は本棚から飛竜の生態Ⅳと書かれた本を手に取りました。

「読書は嫌いではありませんが、ここまで成果がないと少し憂鬱《ゆううつ》になりますわね」

かれこれ書庫で調べ物を始めてからもう二時間は経つでしょうか。

手伝いたいと申し出ていただいた四人の騎士の方々にも協力してもらい、手あたり次第にそれらしき本や資料に目を通していますが――

「スカぽよー、飛竜関係の資料、こっちに置いとくぜー」

「ありがとうございます」

書庫の隅に設置されている一人用の机の上に置かれた資料に目を通します。

「……これもダメですか」

低地病の治療法について書かれた物は一向に見当たりませんでした。

それどころか低地病の存在自体がほとんどの本や資料に記載されていない始末です。

簡単に見つかる物ではないとは思っておりましたが……前途多難ですわね。

「やはりヘカーテ様に飛竜について詳しくお聞きして、それらしき手がかりを入手する以外ありませんか」

机と共に置かれていた椅子に腰かけます。

小さな文字やかすれた文字にたくさん目を通したので目が疲れました。

少しの間目を閉じて休憩したら、また資料探しを再開しましょう。

「――〝心臓の誓い〟」

不意に、目の前から殿方のささやくような声が聞こえて、私は目を開きました。

そこには黒ずくめのローブを深くかぶって顔を隠した何者かが立っております。

「……どなたでしょうか？」

突如気配もなく現れた不審な人物に眉をひそめる私に向かって、彼はぼそぼそと低い声でつぶやきました。

「……深い絆で結ばれた竜と人間の魂を霊的に結び付け、命を分かち合う秘術《ひじゅつ》。いかなる手段を用いても消せぬ呪いであるのならば、より強い呪いで上書きをすれば良いだけの話」

「……っ！　まさか、その方法であれば低地病も――」

椅子から立ち上がって、黒ずくめの方に詰め寄ろうとしたその時。

近くの棚の裏側から褐色《かっしょく》肌の騎士の方の声が聞こえてきました。

「ちょ⁉　スカぽよ！　それっぽいの見っけたぜ！　こっち来てみろよ！」

「申し訳ございません、今取り込み中ですのでまた後で――」

一瞬だけ騎士の方の方向に視線をやり、すぐに正面に戻します。

すると眼前にいたはずの黒ずくめの方は、綺麗さっぱりどこにもいなくなっておりました。

そこに存在していたのが嘘のように、匂いも気配すらも、何の痕跡《こんせき》も残さずに。

「……今の方の声、先日バーン陛下と戦っていた時に聞こえてきた声とよく似ておりましたわ」

一体何者なのでしょう。先日の時は危機を知らせるものでしたし、今も助言めいたことを言っておりました。

そこだけを取れば私の味方をしてくれているように思えますが……正体を明かさない以上、信用に足るとはとても言えません。

いつ牙を剥かれても対応できるように、警戒を厳重にしておきましょう。

「スカぽよー？　どしたん？」

四人組がひょっこりと本棚から不思議そうな表情でこちらに顔を出します。

彼らに会話を遮られなければ黒ずくめの方を見失うことはなかったのにと一瞬思いましたが、良かれと思ってお手伝いをしてくれている彼らを責めることはできませんわね。

「なんでもありませんわ。それよりも皆様、心臓の誓いという言葉に聞き覚えは――」

言いかけたその時、私の言葉を遮るようにゴーン、ゴーンと。遠くから大きな鐘の音が聞こえてきました。

「お、おい。この鐘ってもしかして……」

「……ああ、そうだ。間違いねえ」

戦場ですら常に楽観的な表情をしていた四人組が、明らかに緊張と不安を隠せない表情をしております。彼らにそれ程の衝撃を与えるなんて、この鐘は一体何を意味しているのかしら。

「スカぽよ、これは弔鐘《ちょうしょう》だ」

その単語自体は初めて聞きましたが、言葉の響きでなんとなく意味を察した私は、彼らの表情が不穏な物になった理由を理解しました。

「皇族の誰かが、亡くなったんだ」

皇族の方が亡くなった。そう聞いて真っ先に思い浮かんだのは、不敬ながらもバーン陛下のお姿でした。

先日は魔道具の力で動けていただけで、本当は余命幾ばくもない状態だったのでしょうか。だとすれば陛下の寿命を縮めてしまったのは、私ということに――

「わりぃ、スカぽよ！　俺ら宿舎に戻るわ！」

四人組の方々が慌てた様子で書庫の入口に走っていきます。

「俺達も呼び出しかかるかもしんねえからさ！　入口の門のとこに馬車呼んどくからそれで帰って

くれ！　ごめんな！」

「お気遣いなさらずに。事情が事情ですので。手伝っていただきありがとうございました」

私が会釈《えしゃく》をすると、彼らはこちらに振り返る余裕もなく急いで書庫から出て行きました。

続いて私も書庫から出ると、廊下にいた文官や給仕《きゅうじ》の方々が不安そうな表情でどこかに走っていきます。

皆様、事態を把握するために奔走《ほんそう》しているのでしょう。

私もそうしたいところですが、部外者が一人で皇宮内を動き回るわけにもいきません。

一度業火宮に戻ってパリスタンの皆様と合流するのが最善でしょう。

「……これは馬車で外に出るのは無理そうですわね」

門の入口に辿り着くと、そこはすでに外からやってきたであろう馬車で埋め尽くされておりました。

弔鐘《ちょうしょう》を聞いて、皇宮の外に暮らす身分のある方々が一斉に駆けつけてきたのでしょう。

その中には私が見知ったパリスタンの紋章《もんしょう》が描かれた馬車もありました。ということは——

「スカーレット！」

馬車から出てきたナナカが私に駆け寄ってきます。

その背後からはジュリアス様とレオお兄様、エピファー様が続いて降りてまいりました。

「ごきげんよう。丁度皆様と合流しようと思っておりましたので、ここでお会いできて良かったですわ」

会釈《えしゃく》をして顔を上げると、皆様が珍しい物を見たと言わんばかりに目を丸くして私を見ていました。私がヴァンキッシュのドレス姿でいることに驚いているのでしょう。

「随分とここでの滞在を満喫《まんきつ》しているようだが、そんなにヴァンキッシュが気に入ったのか？」

ジュリアス様がにっこりとほほ笑みながらそう言いました。明らかにトゲを感じる嫌味なその言葉に、思わずイラッとさせられます。

普段ならこちらも間髪入れずに言葉の拳で殴り返すところですが——

「皆様も鐘の音を聞いてこちらに？」

ジュリアス様から視線を反らして皆様に問いかけます。するとレオお兄様が緊張した面持ちで答えました。

「鐘が鳴った後、すぐにアルフレイム殿から使いが来たのだ。お前がここにいることはナナカから聞いて分かってはいたが、すれ違いにならずに済んで良かったな」

そういうことでしたか。しかしアルフレイム様は私達をここに集めて、一体どうするおつもりなのでしょう。そもそも——

「皇族の方の訃報《ふほう》という国を揺るがすような一大事の時に、私達のような部外者がここに足を踏み入れて大丈夫なのでしょうか」

私のつぶやきにレオお兄様も悩まし気なお顔でうなずきます。

「私達もそれを危惧《きぐ》して、どうするかと話し合っていたところに使者が来たのだ。アルフレイム殿……一体何を考えておられるのか」

「その答えは当の本人から直接聞くとしよう」

ジュリアス様がそう言って目配せをします。

視線の先を追うと、皇宮の建物からアルフレイム様がこちらに向かって歩いてきていました。

「パリスタンの諸君、よく集まってくれた！」

アルフレイム様はいつものように自信に満ちた表情でそう言うと、私を見て目を見開きます。

「おお、スカーレット！　その格好、ようやく我が妻としてヴァンキッシュに身を寄せる気になったのだな！」

このお方……ご自分の親族が亡くなられたというのに、何をふざけたことを――

「――と、いつもであれば戯《たわむ》れに興じるところではあったが。今日ばかりはそうも言ってられんようだ」

一転して真顔になったアルフレイム様は腕を組み、周囲に聞こえないように静かな声音で言いました。

「……亡くなられたのは我が父、バーン皇帝陛下だ」

一瞬時が止まったかのように全員が息を止めます。その場の全員がその結果を予想していたのでしょう。ですが改めて現実を突きつけられると、やはり動揺《どうよう》せずにはいられませんでした。

「……死因は？」

ジュリアス様の問いに、アルフレイム様が目を伏せて答えます。

「病死だ。勘のいい諸君のことだから、謁見《えっけん》の時には既に気づいていたと思うが、父上は医者からもう長くないと言われていてな。海からやってきた魔物と戦った時に受けた呪いが原因らしく、どんな加護や魔法による治療も受け付けず、最早死を待つのみだったのだ。故に――」

アルフレイム様は私に視線を向けると、フッと柔らかな笑みを浮かべました。

「スカーレット、貴女が責任を感じる必要はない。遅かれ早かれだったのだ。むしろ最後に貴女のような強者と全力で戦えたことを父上は喜んでいたであろう。父上に代わって、息子である私から感謝の意を述べたい。ありがとう」

そう言って深々と頭を下げるアルフレイム様に、私も会釈《えしゃく》をしながら言いました。

「……いえ、感謝をするのは私の方ですわ。陛下と戦ったあの時間は、久方ぶりに全力を出せて心が躍りましたから」

そう、でっぷりしたお肉でもないのに、人を殴ってあれほど心が高揚したのは陛下が初めてでした。

二度とないかもしれないそんな経験を与えてくださった陛下には、感謝してもしきれませんわ。

「貴女のような強く美しい人にそのように言われたら父上も戦士冥利《みょうり》に尽きるというものだ！

昨晩の二人の戦いに参加できなかったこの身が口惜しいぞ、まったく！　ハッハッハ！」

そう言って笑うアルフレイム様のお姿に、私は心の重圧がスッと軽くなるのを感じました。

陛下が亡くなってしまったことを励ます立場にいる私が、逆に励まされてしまうなんて。

アルフレイム様に一つ、借りができてしまいましたわね。

「……それで、肝心の次期皇帝には誰が選ばれたのですか？」

そんなやり取りをしている中、会話が途切れたタイミングでレオお兄様がアルフレイム様にそう尋ねました。

核心《かくしん》を突いたその問いに、アルフレイム様は首を横に振って答えます。

「それはこれから発表される。諸君らを呼んだ理由は、私が皇帝に選ばれたことを見届ける証人になってもらうためだ」

「証人……？」

聞き返すレオお兄様にアルフレイム様はうなずきます。

「私が皇帝に選ばれたとしても、ヴァルガヌスやイフリーテは何かしらと文句をつけて絶対に認めぬであろう。だが他国の王族であり特使《とくし》である諸君らがその場にいれば――」

「なるほど。いくらでも隠ぺいができるこの国の身内ではなく、第三者の立場ある者に遺言《ゆいごん》を聞かせて証人にさせることで、選ばれた者の皇位を認めざるを得ない状況にさせるというわけか」

「その通りだ、ジュリアス殿」

……驚きました。ジュリアス様ではなくアルフレイム様がそのような駆け引きを考えていただなんて。実の父であるバーン陛下が亡くなったばかりだというのに、その立ち振る舞いは冷静そのものです。

燃え盛る炎のように情熱的で、感情のままに振る舞うことで、見る者の眼に己の存在を焼き付ける。私の中のアルフレイム様といえば、そんなイメージでしたから。

「さて、役者は揃ったな！　そろそろ出向くとしようか。我が父が眠る場所、炎帝殿に！　そして私が皇帝に戴冠《たいかん》する舞台にな！」

そう言って、先をズンズンと歩いていくアルフレイム様。私達もその後に続いて、皇宮の建物の中に進んでいきます。

その途中で私の隣に並んだナナカが、こっそりと耳打ちしてきました。

「……アルフレイム、なんだか印象が変わったな。ふざけて見えるのも実は全部計算でやってたりするんだろうか」

「そうですわね、私も少しあのお方を見る目が――」

ふと、先を行くアルフレイム様の手に視線を向けます。

その手はぎゅっと固く握りしめられていて、内に秘めた悲しみの感情を表すかのように小刻みに震えておりました。

「――いいえ、あの方は何も変わっておりませんよ。出会った時からずっと同じ、自分の感情を隠すことができない不器用なお方ですわ」

炎帝殿に入ると、そこにはたくさんの重臣《じゅうしん》と思われる方々が整然と並んでおりました。葬儀《そうぎ》の最中だからなのでしょう。皆様、一様に赤い色の喪服《もふく》と思われる羽織り物を被っていらっしゃいます。

その中には、ヴァルガヌス様とイフリーテ様、そしてファルコニアの外交官であるケセウス様のお姿もありました。

それを見てジュリアス様がぼそりとつぶやきます。

「……向こうも証人を立ててきたか」

アルフレイム様とヴァルガヌス様。後継者候補同士、考えることは同じですか。

「すまぬな、皆の衆！　パリスタンの客人を出迎えていて到着が遅れた！」

静かな室内に場違いな大声を上げて、アルフレイム様が部屋の中央を歩いていきます。

呆れと嫌悪の視線が集まる中、アルフレイム様は部屋の奥、石段を上がった場所に置かれている棺《ひつぎ》に向かいました。

やがてアルフレイム様は棺《ひつぎ》の前に辿り着き、その場で跪くと、両手を組んで祈りを捧げます。

「……父上。長きにわたる闘争の旅であったな。後のことは私に任せて、ゆるりと羽を休まれよ」

感情の整理はもうついていたのでしょう。

その声音は一切の震えがなく、とてもまっすぐで、人を労わる気持ちに満ちた穏やかな物でした。

アルフレイム様の後方で控えていた私達も、両手を組み目を瞑って黙祷《もくとう》を捧げます。

そのまま十秒程そうしていたでしょうか。

「――ではな」

そう言って棺《ひつぎ》に別れを告げたアルフレイム様は、静かに立ち上がり石段を下りました。

そして私達と少し離れた場所に立っていたヴァルガヌス様とイフリーテ様に歩み寄っていきます。

二人の前に立ったアルフレイム様は、先程までとは打って変わった威圧感に満ちた声で言いました。

「フランメはどうした？」

アルフレイム様の問いに、ヴァルガヌス様は扇で口元を隠しながら答えます。

「さあ。陛下が亡くなられたショックで寝込まれているのでは？」

「笑えぬ冗談だな。我が弟は貴様と違い、情に厚く繊細ではあるが責任感の強い男だ。どんなに心乱されることがあろうとも、敬愛していた父上の葬儀《そうぎ》に一番に駆けつけぬわけがない。何をした？」

「陛下が亡くなって悲しみに暮れているのは私とて同じです。今も涙を堪えてなんとかここに立っているというのに、そのような根も葉もない言いがかり、いくら第一皇子だからとはいえ看過できませんよ？」

「……タヌキが」

吐き捨てるようにそうつぶやいたアルフレイム様は、今度はイフリーテ様に視線を向けます。

「イフリーテよ。殺し合いになりかねんという理由から私との私闘を禁じていた父上が亡くなった今、お前であればすぐにでも牙を剥いてくるものかと思っていたが――」

「……」

イフリーテ様はうつむいたまま身体を震わせていました。

普段のあの方ならアルフレイム様が視界に入っただけで殴りかかってもおかしくはありませんのに。バーン陛下が亡くなられたことが余程ショックだったのでしょう。

フランメ様もイフリーテ様の陛下への忠誠心は随一と言っていましたものね。

「その様子では立ち直るまでしばし時間がかかりそうだな。殺したくなったらいつでも殺しにくるが良い。私は逃げも隠れもせぬぞ」

「陛下……俺はアンタに認められたかった……それだけなのに……どうしてこんなことに……」

アルフレイム様はぶつぶつとうわ言のようにつぶやくイフリーテ様を哀れむように一瞥《いちべつ》した後、再び棺《ひつぎ》の方に視線を戻します。

その直後、棺《ひつぎ》の後ろに控えていたルクさんが、おそるおそるといった様子で棺《ひつぎ》の前に出てきました。

ルクさんはぺこりとお辞儀をすると、おもむろに懐《ふところ》から一枚の封書を取り出します。

「……次期皇帝の名をしたためた、父上直筆の封書だ」

アルフレイム様のつぶやきに、その場にいる全員の視線が集中します。

封書には封蝋《ふうろう》がしてあり、それにはヴァンキッシュの皇族を示す印が押されておりました。

ルクさんは棺《ひつぎ》の中に手を入れてバーン陛下の手を取ると、指から指輪を外します。

そして指輪を封蝋《ふうろう》に近づけると、蝋が溶けて封を開ける状態になりました。

機密性を守るために、おそらくは皇帝陛下のみが持つ魔道具の指輪を鍵に、中が読める仕掛けが施されていたのでしょう。

「せ、生前陛下にこれはお前が読めと言われていたので、読ませていただきます……」

ルクさんが封から手紙を取り出します。

先日の殴り合いの時、確か陛下はルクさんに後継者は誰かすでに伝えてあると言っておりましたね。

ならばもしあの手紙が万が一に何らかの方法で偽造されたものだったとしても、内容の変化にはすぐ気が付くはず。

あとは、後継者候補の中から誰が皇帝に選ばれるのかですが――

「ヴァンキッシュ帝国現皇帝バーン・レア・ヴァンキッシュの名において、次期皇帝の名をここに記す。その名は――」

時が止まったかのように、その場が静まりかえります。そして――

「――フランメ・レア・ヴァンキッシュ」

一瞬の沈黙の後、一気に周囲がざわめき出しました。

「フランメ様が皇帝に……？」

「ご本人の意志により、後継者候補からは名前が外れていたはずだ。それが一体なぜ……？」

賛否どころか明らかな困惑がその場を埋め尽くしています。正直な話、私も驚きました。

確かにフランメ様は人格者でいらっしゃいますが、本人から直接、自分は皇帝の器ではないというお話を聞いたばかりでしたので。

「……どうやら先手を取られたようだな」

ジュリアス様が眉をしかめてそうつぶやきます。

その視線の先にはヴァルガヌス様が立っていて、扇で口元を隠してはいますが、かすかに見える口端は笑みの形を浮かべていました。

あれほど皇位に執着していたヴァルガヌス様が、自分が選ばれなかったというのにまるで動じている様子がないということは、彼にとってこれは予定調和の事態なのでしょう。つまり――

「ヴァルガヌス様の策にまんまとはめられた、ということですか」

私の言葉に呼応するかのように、前に立っていたアルフレイム様がギリギリと拳を握り込みます。

「……やってくれたな、下郎《ヴァルガヌス》が」

その顔は抑えきれない憤怒に染まり、握り込んだ拳からは激情を表すかのように血が滴り落ちていました。

「あろうことか父上の最期のご意志を下らない策でもって穢すとは……万死《ばんし》に値する！」

今にもヴァルガヌス様に襲いかかりそうなアルフレイム様を見て、周囲の重臣《じゅうしん》の方々が「ひっ⁉」と声を上げて後ずさります。

ヴァルガヌス様はそんなアルフレイム様を見て、わざと扇を下ろしフッと嘲《あざけ》るように笑いました。

「貴様……っ」

今にも襲いかからんとするアルフレイム様の手を握って、前進を止めます。

怒り心頭の表情でこちらに振り返ったアルフレイム様に、私は静かな声音で言いました。

「……ここで暴れればあのお方の思う壺です。そうなれば不正を暴くことも、バーン陛下の本当のご意志を明らかにする機会も永遠に失われます。それでも良いのですか？」

その言葉に、アルフレイム様はハッと我に返ったかのように目を見開きます。

私はその目をじっと見つめながら、ゆっくりと握っていたアルフレイム様の手を離しました。

アルフレイム様は目を閉じて一つ大きく息を吐くと、再び目を開けて言いました。

「……私が浅はかであった。スカーレット、引き留めてくれたことを感謝する」

私がうなずくと、隣でその様子を心配そうな目で見ていたレオお兄様が胸を撫でおろします。

あれで止まらなければ、殴って気絶させてでも止めるつもりではいましたが、アルフレイム様の理性がまだ残っていて安心しました。

「――静粛に！」

ヴァルガヌス様の声にざわめきが一瞬で収まります。

まだ困惑した表情の方がほとんどを占める中、ヴァルガヌス様は殿内に響きわたるような大声で言いました。

「新たなる皇帝の誕生です。皆、両手を挙げて喝采《かっさい》しなさい！」

周囲の方々は顔を見合わせて躊躇しましたが、それでもこの場では慣例に従う方が得策だと判断したのでしょう。

万歳をしながら一斉に喝采《かっさい》を始めました。

「ヴァンキッシュ帝国に新たに生まれた偉大なる王の誕生に！　フランメ皇帝陛下、万歳！」

「万歳！　万歳！　万歳！」

その声はいつまでも大きく響き渡り、偽りの喝采《かっさい》を聞くに堪えなかった私達は、そのまま炎帝殿を退出しました。

殿の外に出てもまだかすかに聞こえてくる喝采《かっさい》を背景に、ジュリアス様はアルフレイム様に問いかけます。

「さて、これからどうする？」

アルフレイム様は腕を組み少し考える素振りをした後、真剣な表情で口を開きました。

「……フランメに話を聞きに燈火宮に行ってくる。諸君らは業火宮で待機していてくれ」

行動するなら全員一緒の方が良いのでは、と思いましたが。

アルフレイム様も一人でこの先のことを考えるお時間が欲しいのでしょう。

この方に限って何者かに襲撃されるから危険ということもないでしょうし、心配は無用ですわね。

「何かあった時はヘカーテを頼るがいい。私の願いだと言えば、嫌な顔はしても拒否することはないであろう」

それだけ言い残すと、アルフレイム様は燈火宮の方向へと去っていきました。

アルフレイム様を見送った後、ジュリアス様は私達を見渡して口を開きます。

「我々もこの先の立ち回りについてよく話し合う必要がありそうだ。業火宮へ急ぐとしよう」

歩き出すジュリアス様に、皆様思い思いの複雑な表情を浮かべてついていきます。

そんな最中、ふとジュリアス様が立ち止まってナナカに声をかけました。

「そうであった。ナナカ、今朝方から連絡が取れなくなっている諜報員《スパイ》の代わりに、探ってきてほしいことがあるのだが」

第四章　だってこれは私達女の尊厳《そんげん》と誇りをかけた戦いですから。

アルフレイム様と別れた私達は、業火宮に戻ってきました。

男子禁制のため宮殿の女性達はジュリアス様とレオお兄様の姿を見て警戒していらっしゃいましたが、事情を話したところ渋々ではありますが受け入れていただくことができました。

殿内に入り、応接室をお借りした私達は、長テーブルを挟んで向かい合います。

ジュリアス様が言っていたように今後の方針について話し合うためです。ところが――

「……一体いつになったら話し合いを始めるおつもりですか？」

席についてから十分間。ジュリアス様は私の対面の椅子で腕を組み、ひたすら無言を貫いておりました。

ご自分から話し合いがしたいと言っておきながら、一体どういうおつもりでしょう。

「そういえばレックスの病を治す方法については何か進捗《しんちょく》はあったのか？」

しびれを切らして席を立とうかと思ったその時でした。何事もなかったかのようにジュリアス様がそんなことを口走ります。

ようやく話し出したとかと思えばこのお方は。

「手がかりになりそうな情報は一応入手しました。これからヘカーテ様に確認を取るところです」

「昨日の今日でもう調べがついたとは大した情報収集能力だ。一向に連絡を寄越さないどこぞの元騎士の代わりに、王宮秘密調査室にスカウトしたいくらいだな」

何を言っているのかよく分かりませんが、私をからかっていることだけは分かります。

そろそろ一発殴って緊張感を持ってもらった方が良いでしょうか？

「ジュリアス様、失礼ながら言わせていただきますが」

のらりくらりと要領を得ない返答をするジュリアス様に、ついにしびれを切らしたレオお兄様が真剣な表情で言いました。

「レックスの件は確かに我がヴァンディミオン家にとっては大事なことです。ですが時間的な制限がない以上、今置かれている我々の状況を解決することよりも優先順位が高いとはとても思えません」

レオお兄様の言う通りですわね。私としてもレックスのことに時間を割きたいのは山々ですが、この国の行先がどうなるかという時に、こちらの都合を優先したいなどとは口が裂けても言えませんから。

というか、私でもすぐに思いつくようなこんなことなら、聡明なジュリアス様であれば百も承知のはずですが――

「……もしやジュリアス様。貴方はもう皇帝になれなかったアルフレイム様を見限って、同盟を破棄しようとお考えなのでは？」

憶測から出た私の言葉にレオお兄様が目を見開き、本当なのかと問うようにジュリアス様を凝視《ぎょうし》します。

ジュリアス様は否定も肯定もせずに一度目を閉じると、少し間を開けてからゆっくりと口を開こうとして――

「……アルフレイム殿との同盟は――」

その瞬間、ガシャーン！　と。たくさんの鏡を一斉に叩き割ったかのような音が建物中から鳴り響きました。

「今の音は……？」

目に見えない謎の破砕音に、エピファー様が不安げな表情で周囲を見渡します。

対照的に、ジュリアス様は先程までのどこか気の抜けた雰囲気とは打って変わって、冷静な表情で口を開きます。

「レオ。状況は」

「はっ！　千里を見通す我が魔眼《まがん》よ――〝千里眼《クレアボヤンス》〟！」

すぐさまレオお兄様が狩猟の女神ヒステリアの加護を発動させました。

千里をも見通すその魔眼《まがん》は、周囲で起こったあらゆる事象を一目で看破《かんぱ》します。

「宮殿にかけられている結界が破られた……？　それにこの部隊は皇宮の……」

千里眼《クレアボヤンス》を解いたレオお兄様が困惑した表情でジュリアス様に言いました。

「ヴァンキッシュの皇宮護衛軍と思われる部隊が結界を破り、この宮殿内に侵入しています。危害を加えるつもりはないようですが、なにやら玄関前で女性達と口論になっているようです」

「どんな口論をされているのですか？」

私が問うとレオお兄様は一瞬躊躇した後、小さな声で答えます。

「……あまりに多くの人数が怒鳴りあっていたためよく聞き取れなかったが、兵の一人は『女共などすべて皇帝陛下の所有物に過ぎないのだから、黙って命令を聞け』と」

すぐさま席から立ち上がり、手袋を手にはめます。

「無礼なお客様が文句《クレーム》をつけに来ているようですので、対応《ぶっとば》しに行ってまいります」

「だから言いたくなかったのだ……！　とりあえず落ち着け、スカーレット！　ただでも今は帝都内の情勢が不安定になっているのだ、我々が他国の特使《とくし》だからといってうかつなことをすればただでは済まないぞ！」

「レオお兄様。今回に限っては、正義は我にあり、ですわ」

「は……？」

困惑の表情で声をあげるレオお兄様。私は部屋のドアまで歩いて行き、振り返って言いました。

「たとえどんな情勢下であろうとも、女性の尊厳《そんげん》を踏みにじろうとするクズ共は撲殺されて当然ということです。それではお先に失礼致します」

ドレスの裾は……今のヴァンキッシュの物ではつまめないので、会釈《えしゃく》をしてから部屋を飛び出します。

背後からジュリアス様の笑い声とレオお兄様の悲鳴が同時に上がったような気がしますが、身体強化を使って一瞬で廊下を駆け抜けた私にはすぐに聞こえなくなりました。

「今すぐに参りますから、待っていてくださいね。愚かで殴り甲斐のありそうなクズの方々――！」

入口の広間に繋がるドアを開けます。

するとそこには対人用の長棒を持って武装した侍女組の方々と、鎧を着て槍《やり》を構えた完全武装の兵士達が互いに睨み合っていました。

「ここはアルフレイム様の帰る家だ！　誰がお前らになんかやるもんか！　叩き出される前にさっさと出ていきな！」

「貴様ら！　皇帝陛下の命令に逆らう気か！」

怒号がひっきりなしに飛び交うこの状況。レオお兄様が騒がし過ぎて聞き取れないと言っていた理由がよく分かりました。

私が広間に入って来たことにすら誰一人気が付いていないようですし。

「たかだかメス共を数十人追い出すぐらいで何手こずってんだ、テメェらは」

威圧感のある低い殿方の声に視線を向けると、兵士達の後ろからライカンスロープの殿方、ガンダルフさんが不機嫌そうな表情で広間に入ってきました。

「文句言ってんなら斬って黙らせれば良いだろうが。できねえなら俺が変わってやろうか、ああ？」

牙を剥き出しにして凄むガンダルフさんに、侍女の方々が緊張した表情で後ずさります。

しかし侍女組のリーダーである三竜頭《さんりゅうがしら》の三人はまるで臆した様子もなく、前に足を踏み出すと威勢よく啖呵《たんか》を切りました。

「やれるもんならやってみなゴリラ野郎！」

「その程度の脅しで引き下がるような女はこの業火宮に一人もいないわ」

「そうだよなオマエら！」

三人の言葉に、侍女の方々が「おお！」と声を上げて応えます。その威勢に、今度は兵士達が狼狽えて後ずさりました。

そんな中、ガンダルフさんの横に並ぶように有翼人の殿方、フェザークさんが現れます。

フェザークさんは三竜頭《さんりゅうがしら》の方々を鋭い目で見下ろすと、静かに口を開きました。

「……これ以上の問答は不要だ」

背中から槍《やり》を手に取ったフェザークさんが、穂先を侍女の方々に向けます。

「後は力で示すのみ」

放たれた言葉と殺気で場の空気が一気に緊張します。ついに戦いの火蓋が切って落とされるかと思われたその時でした。

ガンダルフさんとフェザークさんの背後から二人と同じくらい背が高い褐色《かっしょく》肌の殿方、ファルコニアの外交官ケセウス様が姿を現します。彼は侍女の方々の前に歩みでると、無表情のまま淡々とした口調で言いました。

「無意味な争いはやめろ」

想像だにしていなかったケセウス様の言葉に、侍女の方々が困惑した表情になります。

自分達から争いの火種を作ってきて、今更何を言っているんだと言わんばかりですわね。私もまったくもって同意見です。

そんな彼女達の反応をよそに、ケセウス様は言葉を続けました。

「私達は貴方達と戦うためにここに来たわけではない。ただここから立ち退いて欲しいと言っているだけだ」

そういえば兵士がなぜここに押し寄せて来ているのか、理由を知りませんでしたね。

「現皇帝陛下は仰られた。たとえ法に反していても、些細《ささい》なことであれば見逃されてきた先代の皇帝の時とは違い、これからは国民すべてに法を遵守《じゅんしゅ》させると。それは第一皇子であるアルフレイム様であっても同様である」

ケセウス様が一枚の紙を取り出し侍女の皆様に突き付けます。

皇帝陛下の承認印が押されたそれは、この業火宮を接収するための勅書でした。

「現行法では皇帝以外に後宮を持つことは何人たりとも許されていない。よってこの業火宮は今日をもって廃宮とする。これは既に決められたことだ。反逆者になりたくなければ武器を下ろし、疾くこの場より去るがいい」

随分とふざけたことをおっしゃいますわね。

あのお優しいフランメ様がそのような慈悲のない命令を、何の話し合いもせずに無理矢理下すとは到底思えません。そもそもにして――

「ここは後宮ではありませんよ」

私が声を上げると、皆様の視線がこちらに集中します。侍女の方々は私の姿を見るなり嬉しそうに叫びました。

「来てくれたんだね、スカーレットの姉御！」

「姐さんがいりゃ百人力……いや、千人力だよ！」

声援を受けながら、侍女の方々の前に歩み出ます。

「ここはアルフレイム様を慕う女性が自然と集まってできた場所です。彼女達も自分のことを決して妻や妾《めかけ》とは言いません。侍女組と名前を付けているくらいですから」

私の物言いにケセウス様は不愉快そうに顔をゆがめて言いました。

「部外者が余計な口を出すな。それに過程がどうあろうと同じことだ。穢らわしいことに変わりはない」

「あら。部外者なのはそちらも同じでは？　そもそもヴァルガヌス様の手先である貴方達がなぜ皇帝陛下の代行者のように振る舞っているのでしょう」

「ヴァルガヌス殿は皇帝陛下の勅命《ちょくめい》を受け、宰相《さいしょう》になられた」

侍女の方々がざわつきます。

宰相《さいしょう》になったということは、ヴァルガヌス様は皇帝陛下を除けば、この国で最も権力を持っている人物ということになりました。

今までヴァンキッシュ帝国には政務を統括《とうかつ》する役職が存在せず、皇帝陛下と重臣《じゅうしん》の方々が話し合って政治を行っていたようですが、これからは皇帝陛下の勅命《ちょくめい》という建前の下、ヴァルガヌス様の思うがままに政治が行われていくことになるでしょうね。

今正にその通りのことが目の前で繰り広げられていますから。

「……随分とあからさまなことをしますのね」

皇帝陛下が突然崩御されてから起こった今までの出来事には正直違和感しか覚えませんでしたが、これでハッキリしました。

やはりすべてヴァルガヌス様が裏で糸を引いていたことだったのですね。

ジュリアス様とアルフレイム様が疑っていた通り、皇帝に即位されたフランメ様が、葬儀《そうぎ》の場に顔を見せなかったのもヴァルガヌス様が何かしらの手を回した結果でしょう。

そうなるとフランメ様の元に残してきたレックスの身も心配です。

燈火宮にフランメ様を訪ねたアルフレイム様も……いえ、あのお方は心配いりませんか。私の全力の拳でも死なない方ですし。

「皇帝陛下は厳格に法が守られていない国の現状を嘆いておられた。宰相《さいしょう》となったヴァルガヌス殿はその陛下の意志を汲み、先んじて綱紀粛正《こうきしゅくせい》に動かれている。協力者である我々が手を貸すのも自然の成り行きだ」

「なるほど。つまりこのアルフレイム様への嫌がらせのようなふざけた命令を出したのは皇帝陛下ではなく、ヴァルガヌス様が独断でしたことだと、そう考えてよろしいですね？」

「……っ！」

ケセウス様が口元を押さえて舌打ちします。

「図星のようですわね。その様子では皇帝陛下が現状を憂いているというのも怪しいものです」

感情が前に出すぎて言わなくていい余計な事まで言い過ぎましたね。

普段から貴方以上の策士である金色の君《ジュリアス》と口喧嘩をしている私をあまり舐めないでほしいものです。

「そういうことかよクソっ……！」

「アルフレイム様の名誉を穢すばかりか、皇帝陛下の名を悪用しやがって……！」

「許せない…！」

真実を知った侍女の方々が怒りに顔をゆがめます。私は彼女達の先頭に立ち、ケセウス様を指差して告げました。

「まるでフランメ様のご意志かのように皆を謀り、私情のまま好き勝手に国の権力を濫用《らんよう》する。そのような輩のことを世間ではなんと呼ぶか、ご存じですか？」

「——国賊《こくぞく》のクソ野郎じゃ」

広間の上方にある階段の方から、低く冷たい女性の声が響いてきます。

そこには少女の姿に人化したヘカーテ様が立っていて、兵士達を蔑むように見下ろしていました。

「貴様らは一つ思い違いをしている」

ヘカーテ様がゆっくりと階段を下りて広間に出てくると、侍女の方々が左右に退いて道を開けます。それは従者達に出迎えられる主そのものでした。

「この宮殿の主はアルフレイムではなく、妾じゃ。業火宮などという名前は後で勝手につけられた俗称に過ぎぬ。ここの女達は皆、アルフレイムを慕ってはいてもあくまで妾に従事している者達。故に侍女と呼ばれているのじゃ」

ヘカーテ様が私の隣に並び、ケセウス様に向かって目を細めます。

「己の誤ちを理解したか？　だがもう遅い。妾の宮で狼藉を働き、この黒竜《こくりゅう》姫の逆鱗《げきりん》に触れた代償は高くつくぞ。愚かなダークエルフよ」

兵士達が焦りながらケセウス様に視線を向けて指示を仰ぎます。無理もありません。

ここの主が本当はヴァンキッシュの守護竜とも言うべき、黒竜《こくりゅう》ヘカーテ様だということを知らなかったのでしょう。

ケセウス様は少し思案した後、私達と口論するのは最早無駄だと悟ったのか、諦めたように言いました。

「……どうあっても退くつもりはないらしいな。ならばやむを得ん。兵達よ、やれ」

命令された兵士達が迷いを抱えた表情のまま一斉に槍《やり》を構えます。

それに応えるように、ヘカーテ様が牙を剥き出しにして叫びました。

「ヴァンキッシュの女を舐めるなよ小僧共！　全員まとめて叩き出してくれるわ！」

「しゃあっ！」

ヘカーテ様に追随《ついずい》して侍女の方々が棒を構え、気合の声を上げます。

そして次の瞬間、両陣営は示し合わせたかのように激突しました。

「女共が跳ねっ返りやがって！　お前らが腕っぷしで男に勝てるわけがないだろうが！」

「ヴァルガヌスの犬が一丁前に人間らしく吠えるんじゃないよ！　ぶっ飛ばしてやる！」

周囲で激しく武器同士の打ち合いが始まり、広間は乱戦の様相を呈しております。

そんな中、私とヘカーテ様の前に、ガンダルフさんとフェザークさんが立ちはだかりました。

「隊長、撲殺姫は俺にやらせろ。弟の仇だ」

「構わん。が、生捕りにしろと命が出ていることを忘れるな」

「了解」

ガンダルフさんが余裕の笑みを浮かべたまま、私に向けて顎《あご》をしゃくります。

かかってこいという意思表示でしょうか。上等ですわ。上を向いた顎《あご》をそのまま天井までカチ上げて差し上げましょう——

「スカーレット！」

殴りかかろうとしたその時。私が出てきたドアが開き、中からレオお兄様が飛び出してきました。

その後ろにはジュリアス様も控えております。

「こうなっては戦いは避けられまい。私達も加勢するぞ」

珍しく戦いに積極的なレオお兄様が、腰に差していた剣を抜きます。

しかしそれを聞いた侍女の方々は、レオお兄様の方を向いて一斉に叫びました。

「男は引っ込んでろ！　これは女達《あたし》の戦いだ！」

「は、はいっ！」

彼女達の勢いに負けて思わず肯定してしまうレオお兄様でしたが、ハッと我に返ると焦った様子で口を開きます。

「……いやいや！　そんなことを言っている場合では——」

「やめておけレオ。お前は知らんだろうが、怒った女性は百人の武装した兵士達よりもよっぽど恐ろしいのだぞ」

ごめんなさい、レオお兄様。今回に限っては、私も侍女の方々と同意見ですわ。

「だってこれは私達女の尊厳《そんげん》と誇りをかけた戦いですから」

右の手の平に左拳を打ち付けます。

戦いの始まりを宣言する私の所作《しょさ》に、ガンダルフさんはニヤリと笑みを浮かべました。

「表に出な。邪魔が入らない場所で殺し合おうぜ」

ガンダルフさんが外に出ていきます。彼の言う事を聞く義務はありませんが、確かにここで暴れては他の方にも被害が出かねません。

ここは提案に応じるとしましょう。

「ヘカーテ様。お気を付けて」

「誰の心配をしておる。千年早いわ小娘」

フェザークさんと睨み合うヘカーテ様の顔には、一切の余裕がありませんでした。

竜の状態ならともかく、人間の状態で相手をするにはおそらくかなりの苦戦を強いられるでしょう。

それ程までにフェザークさんの立ち振る舞いからは強者の雰囲気を感じました。

「……ヘカーテ様への助力を考えると、ガンダルフさんにあまり時間をかけるわけにはいかなそうですわね」

入口から外の庭に出ると、ガンダルフさんが拳を打ち付けて私を待っています。

三メートル程の距離を置いて対峙すると、彼はニィと獰猛《どうもう》な笑みを浮かべました。

余程私と戦えることが嬉しいのでしょう。

「意外ですね」

「あ？　何がだ」

「弟の仇を取るだなんて、そんな思いやりの気持ちを持っている方には見えないので」

ガンダルフさんがハッと、バカにするかのように鼻で笑います。

「そんなもんテメェと戦うためについた出まかせに決まってるだろうが」

……そんなことではないかと思っていましたが。

こんな凶悪な顔をした方に少しでも人間らしい心を期待したのが間違いでした。

「弱い者をいたぶる事しかできねえ雑魚《ざこ》なんざ、たとえ血を分けた弟だろうが微塵も興味はねえ」

ガンダルフさんが拳を開き、私の方に突きつけて握り込みます。

「強者をねじ伏せて食らう！　それが戦いの醍醐味だろうが！」

ガンダルフさんが地を蹴り、私に向かって一気に距離を詰めてきました。

両手を振りかざし、獣のような鋭い爪で引き裂こうと襲いかかってくるその姿は、まるで大型の肉食獣のようです。

「生憎私、争い事は好きではありませんので」

〝加速《アクセラレーション》〟を発動。ガンダルフさんの無防備な胸元に拳を五発、ほぼ同時に叩き込みます。

「貴方の理解者にはなれませんわ。ごめんあそばせ」

「っ！」

私の拳をもろに食らったガンダルフさんが後ずさります。確かな手応え——常人ならあばら骨がバキバキに折れる打撃のはずですが。

「——ッハア！　良いぞテメェの拳！　血が滾《たぎ》るぜ！」

血走った目をして天を仰ぎながら、ガンダルフさんが吠えます。効いていない？　いえ、これはむしろ——

「オラァ！」

ガンダルフさんは再び私に向かってくると、大きく右腕を薙《な》ぎ払ってきます。

先程と同じように私は加護を使って先に拳を叩き込もうとして——

「！」

一度目の振り下ろしの倍以上の速度で迫ってくる薙《な》ぎ払いに、等倍速の加速《アクセラレーション》では攻撃も回避も間に合わないことに気づいて考えを改めました。

「〝加速《アクセラレーション》——三倍《スリーバースト》〟！」

三倍速の加速《アクセラレーション》を使って、薙《な》ぎ払われた腕の側面に拳を叩きつけます。

打撃音と共に腕を弾かれたガンダルフさんは、後ろにわずかによろめいてから余裕の表情で体勢を立て直しました。

「クハッ！　そんなもんか？　まだまだいけんだろ!?」

なんという頑強さでしょう。それにこの方、元々大柄でしたが対峙した時と比べて明らかに身体が一回り大きくなっておりますわ。

もしやこれは――

「攻撃を吸収する加護の使い手ですか」

確信を持った私の言葉にガンダルフさんは笑みを深くしながらうなずきます。

「地母神《ちぼしん》キュベレイって神の加護でな。俺が受けたダメージはすべて俺の血肉となり、力となり、速さとなる」

攻撃をされればされる程に強化される能力。たくさん殴ることが好きな私にとっては天敵といえる程に相性が悪い加護ですわね。

「さあもっと殴ってみろ！　テメェの力を食らって俺はさらに強く速くなる！」

地を蹴り、ガンダルフさんが飛び上がります。巨体に見合わずその動きは身体強化を施した私に匹敵《ひってき》する速度でした。

「……さて、どう対処しましょうか」

〝停滞《オーバークロック》〟を使い、一瞬で再起不能なダメージを与えて、相手に加護を使わせないという手もありますが、万が一耐えられた時にさらに強化されて手の付けられない状況になる可能性があります。

かくなる上は消耗覚悟で〝時間停止《タイムオブクロノワール》〟を使い、相手の加護を無効化した上で致命の一撃を叩き込んで――

『困っているようだな』

突然頭の中に、見知らぬ殿方の――いえ、もう三度目になる方の声が聞こえてきました。

そう、書庫で出会ったあの黒ずくめの方の声です。

『〝目〟を貸してやる。助けるのはこれで三度目だ。恩に着るがいい』

「っ⁉」

バチッと、私の眼前で紫電《しでん》が煌めいたかと思うと、突然右目に痛みが走ります。

「一体何を……」

痛みのあまり閉じた右目をおそるおそる開くと、ガンダルフさんの脇腹の一点に禍々しい紋章《もんしょう》のような刻印《こくいん》が浮き上がって見えました。

私はなぜか本能的に、そこがガンダルフさんの抱えている欠点だということを理解します。

あとは身体が勝手に、眼前の敵を殴るために動きました。

「〝部位加速《アクセラレーション・クロック》……五倍《ペンタドライブ》〟！」

落下してきたガンダルフさんの脇腹の刻印《こくいん》に、左手に一点集中した全開加速の拳を振り抜きます。

ズブッ、と腹の筋肉に拳がめり込む感触がしたかと思うと、一気に手首の付け根までがガンダルフさんの脇腹に沈み込みました。

「ぐはっ⁉」

ガンダルフさんが体をくの字に曲げて吐血します。

本来なら音速を超えた五倍速でブン殴れば相手は遥か遠くに吹っ飛ぶはずですが、これも〝目〟の影響でしょうか。

突き抜けるはずの衝撃はすべてガンダルフさんの体内に拡散されたようです。

「て、テメェ……なんで俺の古傷が脇腹にあることを知ってやがる……！」

ガンダルフさんの目がぐるんと白目に変わり、全身から血を吹き出しながら地面に倒れ伏しました。

「……何か釈然としませんわ」

倒したことには倒した、のですが。自分の力で殴り倒した気がまるでしません。

殴った手応え自体も薄皮一枚を押し込んだかのようにほぼ無抵抗でしたし。

「それもこれも、すべてこの〝目〟のせいですわね」

黒ずくめの方はおそらく、相手の欠点を刻印《こくいん》にして映し出す能力を私の目に付与したのでしょう。

どうやったらそんなことができるのか、術理も原理もまったく分かりませんが。

「色々と追及したいところではありますが、目下私達の敵ではないようですし、今は後回しにしておきましょう」

倒れているガンダルフさんを放置したまま宮の中に戻ります。

生命力が高いライカンスロープの方ですから、あの状態からでも時間さえ経てば動ける程度には再生するでしょう。

さて戦況はどうなっているでしょうか。私が殴れるお肉が残っていれば良いのですが。

宮内の広間に戻ると、戦いは大詰めに入っておりました。

「情けないねえ！　最初の威勢はどうしたんだい！」

「くっ……なんなんだこの女共の異様な強さは⁉」

人数不利だったはずの侍女の方々がほとんど立っているにもかかわらず、兵士達で戦えそうな人数はすでに十人を割っていました。

正直な話、侍女の方々よりも正規の訓練を受けている兵士達の方が練度は高いように感じていましたが、どうしてこうなったのでしょう。

「早いお帰りだったな。ライカンスロープの肉はお気に召さなかったか？」

部屋の隅で腕を組んで立っていたジュリアス様が私に話しかけてきました。

「女性達が必死に戦っているのに、殿方が腕を組み高みの見物ですか。良いご身分ですこと」

「出る幕ではないと言われてしまってはな。それに脇役は脇役に徹した方が舞台も映えるというものであろう」

フッとキザな笑みを浮かべる自称脇役王子。心にもないことを言って、一体何を企んで——

「……ジュリアス様」

「なんだ」

涼しいお顔で答えるジュリアス様の頬に、汗が一雫落ちます。私はハンカチを取り出し、その汗を拭いながら言いました。

「痩せ我慢も程々になさいませ」

注意深く見なければ気づきませんでした。この方、ずっとオリジンの加護〝英雄譚《ヒロイズム》〟を発動しておりますわね。

それもここにいる侍女の方全員に。効果は身体能力向上と、かけられている本人も気づかない程に薄膜の防御結界でしょうか。

道理で侍女の方々が優勢なわけです。

「でも、どうやって加護を？　英雄譚《ヒロイズム》は私が危機に陥らなければ発動しないはずでは――」

言ってから後悔しました。英雄譚《ヒロイズム》は愛する人が危機に陥った時に無限の力を発揮するというもの。

これではまるでジュリアス様が私を愛していて当然と言っているようなものではないですか。

「どうも貴女の存在を感じられる距離に私がいれば、危機を察知して勝手に使えるようになるらしいな。外でヤツの攻撃を受けるか避けるかでもしたのだろう？　〝英雄譚《ヒロイズム》〟を発動させたのはその時だ」

「侍女の方々に花を持たせようとするお気持ちは立派ですが、こんなに加護を消耗しなくても、他にもっと良い方法があったのではないですか？」

私の疑問にジュリアス様は髪をかきあげながら、不敵に笑います。

「女は男の言いなりになって当たり前などと前時代的な思想を信じて疑わぬ愚か者共が叩きのめされる姿を見られるならば、この程度の消耗は大したことではない。必要経費だな」

「個人的な嗜好《しこう》を経費に含めるなんて本当に悪いお方ですわ」

「褒め言葉だな」

ジュリアス様の言葉とほぼ同時に、バキッ！　と痛烈な打撃音が響いてきます。

音の方に視線を向けると、立っていた最後の兵士が侍女の方に棒で叩き伏せられていました。

「やったよ！」

「ざまあみやがれってんだ！」

勝利の歓声をあげる侍女の方々。ジュリアス様の手助けもあったとはいえ、全員をこの短時間で叩きのめしたのはさすがですわね。

「怪我を負った方はこちらへ！」

レオお兄様が呼びかけると負傷した侍女の方々が集まってきます。

見たところ命に関わるような重症の方はいないようなので、私の加護を使わずともお兄様方に任せて問題ないでしょう。

「後はあの方ですね」

広間の天井を見上げます。そこには五メートル程にも達する大きな穴が空き、空の青色が垣間見えました。

そしてその穴からは翼が空気を打つ風切り音と、刃物や鈍器が打ち付けられる金属音が時折鳴り響いてきます。どうやらヘカーテ様とフェザークさんが空中戦を繰り広げているようですわね。

「ジュリアス様、ヘカーテ様には加護はかけられましたか？」

「私が英雄譚《ヒロイズム》を発動させる前に天井を突き破って空に飛んでいったからな。かける間もなかった」

ジュリアス様が話している間にも空からは爆発音が響き、衝撃の余波で宮殿が揺れます。

時折視界に映る二人の戦闘の様子から察するに、戦況は五分五分といったところでしょうか。

「この棒、お借りしますわね」

侍女の方が落としたと思われる棒を拾います。しなり、良し。硬度、良し。

これならば私の投擲《とうてき》にも十分耐えられるでしょう。

「〝停滞《オーバークロック》せよ〟」

停滞《オーバークロック》で時の流れを遅くした効果で、高速で空を飛翔するヘカーテ様と、翼を羽ばたかせて槍《やり》を構えているフェザークさんの二人が対峙している姿がハッキリと見えました。

「ふっ！」

魔眼《まがん》を発動して左手で握った棒をフェザークさんに向かって思い切り投擲《とうてき》します。

棒は音速の速さで魔眼《まがん》によって映し出されたフェザークさんの欠点――翼の中央部に浮かび上がる刻印《こくいん》を貫いて、空の彼方に消えていきました。

「……ギリギリ間に合いましたね」

その直後、〝停滞《オーバークロック》〟と魔眼《まがん》の効果が切れて人体を透過していた視界は通常の物に戻り、時間は本来の速度で時を刻み始めます。

「ぐあぁっ!?」

空からフェザークさんの絶叫が響き渡りました。

続いて即座にヘカーテ様の物と思われる「グオオオン！」という飛竜の雄叫びが空を揺らし、爆発音が轟《とどろ》きます。

その直後、屋根に空いた穴から黒焦げになったフェザークさんが私達の前に落ちてきました。

地面に横たわるフェザークさんは重度の火傷と落下の衝撃を受けてもまだ意識があるようで、苦し気にうめきながらつぶやきます。

「な、なぜだ……我が風神ボレアースの加護はあらゆる投擲物《とうてきぶつ》を自動で跳ね返す……それがまるで効かなかった……」

そう言い残してフェザークさんは意識を失いました。やはりこの方も加護持ちでしたか。

空を高速で自在に飛び回る上に投擲物《とうてきぶつ》を跳ね返す加護の使い手……真っ当に戦っていれば相当な強敵だったでしょう。

「今の状態の私と出会ってしまうなんて、運が悪かったですわね」

本来停滞《オーバークロック》を使ってゆっくりと流れる時間の中でも、神の力を源とする加護の発動は阻害できません。

それが無効化されたのはおそらく〝魔眼《まがん》〟の影響でしょう。

相手の欠点を映し出すだけでなく、その部位にかかっている加護を無視できるだなんて、恐ろしいまでの力です。たとえまだ使えたとしても、これ以上の使用は控えた方が良さそうですわね。どんな代償があるか分かったものではありませんから。

「鳥も鳴かずば音速《マッハ》で撃たれまい。部外者が余計なことに首を突っ込むとろくな事にはならないという意味の格言です。これからはパリスタン王国のみならず、ヴァンキッシュ帝国でも広く使われることとなるでしょう」

「貴女以外に使っている者を見たことがない上に初耳だが」

やかましいですわよ、脇役王子。

「残るは貴方一人だけですわね。ケセウス様」

侍女達に棒を突きつけられ囲まれたケセウス様は、抵抗する気はないようで腕を組みただその場にじっと立っておりました。

「……潮時か」

そう言うと、ケセウス様の姿が歪んで景色に溶けていきます。

皆様が呆気に取られている内にケセウス様の姿は跡形もなくその場から消えてしまいました。

エルフが得意とする幻惑の魔法でしょう。まんまと逃げられてしまいましたわね。

まあ、あの方は殴り甲斐がなさそうだったのでそう惜しくもありませんが。

「最後の最後に出し抜かれたか。相変わらずエルフの抜け目のなさには手を焼かされるな」

ジュリアス様がそう言って地面に視線を向けます。気づけば倒れていたフェザークさんの姿も消えておりました。

おそらくは外で倒れていたガンダルフさんもいなくなっていることでしょう。

「あの怪我ではガンダルフさんもフェザークさんもしばらくの間は戦えないでしょうし、逃がしても問題はないでしょう。むしろ捕まえた方が面倒なことになりそうですし」

私の答えに、エピファー様がこちらを向いてうなずきます。

「良い判断かと。捕縛したとしても今私達が置かれている状況でさらにファルコニアの要人の処遇を委ねられるのは手に余ります」

エピファー様の発言にジュリアス様が肩を竦めて言いました。

「どうでもいい。これ以上面倒ごとを抱え込む余裕も意味も既にないからな。この場での遺恨《いこん》が後々尾を引かないことを祈るばかりだ」

「……？」

ジュリアス様らしくもない投げやりな言葉に違和感を覚えます。

今の発言はまるでもうこの先この国で起こることなどどうでも良いような、そんなやる気のないものでした。

「ジュリアス様。それは一体どういう――」

ジュリアス様に問いかけようとしたその時。突然宮殿の入口のドアがドーン！　という爆風と共に内側に吹き飛びました。

何事かと全員がそちらに視線を向けると――

「私が留守にしている間を狙うとは卑劣な輩共め！　全員消し炭にしてくれる！」

鎧を纏《まと》い完全武装したアルフレイム様が、怒りに顔を歪ませながら立っていました。

「アルフレイム様！」

侍女の方々が叫びながらアルフレイム様に殺到します。

皆様に群がられながらアルフレイム様は目を丸くした後、倒れている兵士達を見て「おお！」と喜びの声を上げました。

「さすがは我が業火宮の女達よ！　見事ヴァルガヌスの尖兵共を退けたか！　惚れ直したぞ！」

調子が良いことばかり言って。やはり女たらしですわね、アルフレイム様は。

「……そしてパリスタンの盟友達よ。また一つ借りができてしまったな」

こちらを見てフッと穏やかに笑うアルフレイム様。

気を抜かれるのはまだ早いですよと言いたいところですが、今ばかりは束の間の安息に浸らせてあげましょう。

自分が不在の時に家族同然の方々が住む宮殿を襲撃されて、アルフレイム様も気が気ではなかったでしょうから。

「ところで皆の衆。我が愛騎《あいき》ヘカーテの姿が見えぬが、どうした？」

キョロキョロと辺りを見回すアルフレイム様の周囲からサーッと侍女の方々が離れていきます。

その様子を見て首を傾げるアルフレイム様の背後には、人型に戻ったヘカーテ様が怒りの表情で立っていました。

「愛しているならば一番最初に気にせぬか、この愚か者が！」

ヘカーテ様が口から炎を吐き出すと、吹き飛ばされたアルフレイム様が壁に人型の穴を作って外に飛んでいきました。

その直後に広間に入ってきたジン様は、壁に空いたアルフレイム様型の穴を一瞥してつぶやきます。

「……あのバカ皇子が皇帝にならずに済んだのは良かったことなのかもしれないな」

その言葉に私とレオお兄様は誰よりも早く頷きました。

アルフレイム様と共にここまで来てくれた紅天竜騎兵団の方々二十人に、倒れている兵士達の捕縛を任せた私達は、再び業火宮の応接室に帰ってきました。

長テーブルを挟んでパリスタン側の私、ジュリアス様、レオお兄様、エピファー様。

ヴァンキッシュ側の、アルフレイム様、ヘカーテ様、ジン様の順で向かい合います。

「まずはそちらで何があったかを聞かせてもらおうか」

ジュリアス様が尋ねると、アルフレイム様は真面目な表情で答えました。

「ジン達と合流した私はフランメに会うために燈火宮に向かった。しかし燈火宮にフランメはおらず、従者に話を聞けば朝方ヴァルガヌスから皇宮に呼び出されたまま帰ってこないというではないか」

フランメ様……利用するためにおびき出され、そのまま捕まってしまったということでしょうね。

今聞けばその呼び出しは罠以外の何物でもありませんが、まだその頃は皇帝陛下のご崩御については誰も知りませんでしたので、フランメ様を責めることはできません。

「ヴァルガヌス様とイフリーテ様も随分と遠回しな手を使いますのね。もしあの遺言《ゆいごん》が捏造ならば、フランメ様を間に立てずとも、ご自分達が皇帝になればよろしいのに」

私のつぶやきに、隣に座っていたレオお兄様が小声で言いました。

「あの二人は利害関係の一致で協力しているだけのように見えた。どちらかが皇帝になれば互いに揉めるだろう。ならば間にフランメ様を立てて傀儡《くぐつ》にし、実権を分け合う形にした方がうまくいくと考えたのかもしれない」

なるほど……さすがレオお兄様ですわね。確かにそれならばお二方がフランメ様をわざわざ皇帝にして、さらった理由も納得できます。

そもそも元々フランメ様は第二皇子という血筋の上、能力も優秀で人望もあるようですし、病弱であるという欠点を除けば皇帝に選ばれたとしても何の不思議もありません。とりあえずの隠れ蓑として表に立たせる人材としては絶好の標的といえるでしょう。

「皇宮に向かった私達は、入口の門の前で蒼天翼獣騎兵団の亜人騎士達に行く手を阻まれた」

アルフレイム様が再び話し出します。亜人騎士達……ヴァルガヌス様の下で客人となっていたケセウス様の部下の方々ですわね。

そういえばここに襲撃に来た顔ぶれに亜人の方は一人もいませんでしたが、そちらに戦力を回していたのですか。

「強行突破してやろうかとも思ったが、そこにヴァルガヌスが現れて言ったのだ。こんなところで油を売っている間に、貴方の大事な業火宮は今頃どうなっているでしょうね、とな」

その時のことを思い出したのか、アルフレイム様は不愉快そうに顔をゆがめます。侍女の方々が言っておりましたね。

アルフレイム様は自分たちのことを家族のように大事に思ってくれていると。この様子だとそれは本当のようです。

アルフレイム様……女性に対しては軽薄なイメージがあったのですが、少しだけ。

ほんの拳一ミリ分だけ、この方のことを見直しました。

「その話を聞いた途端、このバカ皇子は怒り狂って大暴れしようとしていましたが、なんとか全員で引き留めてここに戻ってきたというわけです」

ジン様が淡々とした表情で話を締めます。その話を聞いてジュリアス様はため息をつきながら髪をかきあげました。

「……経緯は分かった。そしてもう一つ分かったことがある。それは状況が何一つ好転していないということだ」

皇宮にフランメ様が囚われているのは分かりました。ならば私達全員で助けに行けばいいだけの話――ではありません。

「相手は皇帝をも傀儡《くぐつ》にして宰相《さいしょう》となり、圧倒的な権力を握ったヴァルガヌス殿……事を構えれば、確実に国家反逆罪を起こした罪人と認定されて、今度は軍を送り込まれるだろう。皆はこの国のすべての兵や騎士、ひいては民衆までも敵に回して戦う気はあるか？　私はご遠慮願いたいな」

ジュリアス様の言葉に、その場が静まりかえります。そんな中、レオお兄様が眉尻を下げたやりきれない表情で口を開きました。

「……歯がゆい話ですね。正義はこちらにあるというのに」

「たとえこちらに正義があろうとも、それを証明する手立てが今の我々にはない。それでは戦う土俵にすら上がれないということだ」

国内のことであればいくらでも悪知恵が働くジュリアス様も、他国のいざこざには出せる手が限られるのでしょう。

先程の態度がどこか投げやりだったのも、実力が発揮できない故の苛立ちから来たものだったのかもしれませんね。

「アルフレイム様、燈火宮にレックスはいませんでしたか？」

「フランメについて皇宮に行ったと聞いている」

燈火宮に向かったアルフレイム様達と共にいないということは、やはりそうでしたか。

フランメ様と共にヴァルガヌス様に捕まってしまったのでしょうか。

「安心せよ。ヴァルガヌスはともかく、イフリーテは飛竜に手を出すことは絶対にせぬ。あの二人が協力関係にある以上、レックスの安全は保障されているも同然だ」

「――そうとも限らないぞ」

窓際から聞こえてきた声に視線を向けると、獣化したナナカが入ってきました。

ナナカは私の前で立ち止まると、お座りをして皆の方を向きます。私はナナカの頭を撫でてあげながら問いました。

「そういえば業火宮に向かう道すがら、ジュリアス様がナナカに何かお願いしていたようですが、一体何を頼まれたのですか？」

「皇宮に潜入して情報を探っていた。あまりにもこっちと向こう側で情報格差が大きいからな。少しでもその差を減らすってジュリアスは言ってたけど」

ジュリアス様ったら。やむを得なかったとはいえ、私のかわいいナナカをまた勝手にこき使って。

もし怪我の一つでもしていたら、同じだけの怪我をこの拳で味わわせてあげるところでした。

「獣人の子供、そうとも限らないとはどういうことだ？」

アルフレイム様が問うと、ナナカは嫌そうな顔をしながらも口を開きます。

「……どうもヴァルガヌスとイフリーテは仲違いをしたらしい」

「元々あやつらの仲は良好とは言えん。今まで揉めなかったのがおかしいくらいではあったが……今更仲違いとは一体どういうことだ？」

「理由は分からない。でも皇宮の官吏《かんり》のやつらが噂していたんだ。イフリーテの様子がおかしくなって突然詰所《つめしょ》に戻ったまま一切出てこなくなったたって」

イフリーテ様の様子がおかしい……確かにバーン陛下の葬儀《そうぎ》の時にお見掛けした時のあの方は、いつもの強気な様子が鳴りを潜めて、何かに追い詰められているような暗い表情をされていました。あれは陛下が亡くなられたことを悲しんでいたのでしょうか。それとも何か別の事情があったのでしょうか。

どちらにしろ、そのことがきっかけとなってヴァルガヌス様と仲違いをした可能性は大いにありそうですわね。

「……不幸中の幸いというやつか。これは好機だな」

アルフレイム様がつぶやくと、その隣でジン様がうなずきます。

「ヴァルガヌス殿は総軍を統括《とうかつ》する立場にありますが、兵のほとんどは基本的に国境の警備と魔物の討伐《とうばつ》に駆り出されているため、帝都で自由に動かせる戦力はそう多くありません。イフリーテ殿と近衛兵団の助力がないのであれば手駒はさらに減り、我々の動きに割ける人員は多くても四、五百人といったところでしょう」

「動くならば今が打ってつけというわけだ！」

グッと拳を握りながら口元を笑みの形にするアルフレイム様。

ですがそんな乗り込む気満々のアルフレイム様に冷や水をかけるように、ジュリアス様が冷めた顔で言いました。

「それで？　まさか手薄な皇宮に乗り込み、宮内のどこにいるのか、そもそも皇宮にいるのかすらも分かっていないフランメ殿を奪還しに行く気か？」

「それができれば一番手っ取り早かったのだがな！　先程ジュリアス殿も言っていたように、今の我々にはあらゆる情報に確証がない。皇宮に乗り込むのは時期尚早だろう」

アルフレイム様はそう答えると、席から立ち上がって自信満々なお顔で宣言しました。

「まずは詰所《つめしょ》に行き、イフリーテに洗いざらい話を吐き出させる！」

「……」

全員が無言のまま真顔でアルフレイム様に視線を向けます。

「よし、そうと決まれば早速――ぅっ⁉」

ジン様の手刀で脇腹を刺されたアルフレイム様が身をよじって悶絶します。

その様を見て、アルフレイム様の隣に座っていたヘカーテ様がジト目で言いました。

「馬鹿だと思われておるぞ、貴様」

「なぜだ？　私が何かおかしなことを言ったか？」

首を傾げるアルフレイム様に、私は先程のジュリアス様もかくやの冷たい声で告げます。

「ふざけているのですか？　アルフレイム様に殺意すら抱いているイフリーテ様がこちらに情報を話すなんて、それこそ死んでもあり得ないと思うのですが」

私の言葉にアルフレイム様は「おお！」と何か思いついたかのようにポンと手を叩きました。

「なんだ、そのような些細《ささい》なことで私に疑いの眼差しを向けていたのか！　それならば問題はない！」

アルフレイム様がドヤ顔で口を開きます。

「イフリーテと私はとある誓いを立てていてな。それが果たされた時、あやつは私の言うことを何でも聞かなければならないことになっておるのだ！」

突然降って湧いてきたような都合の良い話に、パリスタン側の方全員がアルフレイム様に疑いの視線を向けました。

そんな状況を見ていられないと思ったのでしょう。ヘカーテ様がため息をつきながら口を開きました。

「アルフレイムの言っていることは真じゃ。それとヴァンキッシュにおいて誓いとは戦士が己の身命を賭して立てる物。後になって反故することは絶対にできぬ」

ヘカーテ様の説明に私は素直にうなずきます。

「ヘカーテ様が言うのであれば本当のことなのでしょう」

「そうだな」

「そうですね」

「間違いない」

私の肯定に、ジュリアス様、レオお兄様、ナナカが続きました。

それを見たアルフレイム様は腕を組み踏ん反りながら笑い出します。

「はっはっは！　なぜかパリスタン諸君からの信頼度がとても低いぞう！　どうしてであろうな、ジンよ！」

「さあ。ご自分の行動を一度振り返ってみたらどうですかね」

イマイチ意見がまとまり切らない皆様を見ていると、本当にこのままで大丈夫なのかという気持ちになりますが。

なにはともあれ、とりあえずの行動方針は決まりました。

「よし、話はまとまったな！　早速詰所《つめしょ》に乗り込むぞ！　パリスタンの諸君らもついてくるが良い！」

アルフレイム様が部屋の出口へと歩いて行きます。しかしそれに待ったをかけるようにジュリアス様が言いました。

「勝手に頭数に入れてもらっては困るな。言っておくが我々パリスタン王国の者は貴方達に同行しないぞ」

平然とした顔でそう告げるジュリアス様に、アルフレイム様が振り返ります。

訝し気に眉をひそめたアルフレイム様は、ジュリアス様に向かって問いかけました。

「我々は同盟関係だったと記憶しているが？」

「それはアルフレイム殿が皇帝になるのを前提とした物だ。すでに皇帝が決まっている以上、同盟を続けるメリットが我々には薄い。それに――」

ジュリアス様は机を指でトントンと叩きながら、目を細めて宣言します。

「正当防衛ならばまだ言い訳が利く。だが我々がこちらからどこかに攻め入る、などということをしたら、これはもう完全に他国への侵略行為に等しい。よって我々が戦闘の起こる危険性がある詰所《つめしょ》に行くことはできん」

「……他のパリスタンの者も同意見か？」

「……」

アルフレイム様の問いに、レオお兄様とナナカは視線を落として沈黙します。加勢に行きたい気持ちもあるでしょう。

ですがジュリアス様の言う通り、感情に流されるまま武力行使を行えば私達だけでなく、パリスタン王国そのものを危険に晒すことになりかねません。

私としても行動方針が決まり悪党を殴りに行きたい気持ちは誰よりも強くありましたが、国を背負うともなればさすがにうかつには動けませんので、どうしたものかと思案中でした。

「……分かった。ここまで手を組んでくれたことに感謝する。友よ」

アルフレイム様はあっさりとそう言うと、お辞儀をして謝意を示します。

そして顔を上げると、気まずそうな表情のレオお兄様とナナカにフッと微笑み、そのまま部屋を出て行こうとしました。

「——だが、こちらには一人。パリスタンの人間でありながら、なぜかヴァンキッシュの第一皇子の花嫁だと誤解されているご令嬢がいたな」

「……はい？」

突然私の名前をやり玉にあげたジュリアス様を真顔で見返します。ジュリアス様はいつもの黒い笑みを浮かべながら言いました。

「彼女であれば共に行って暴れるようなことがあっても内政干渉だとか、侵略だとか難癖をつけることはできないだろう。なにしろ前皇帝陛下と、この国のすべての重臣《じゅうしん》達の前でアルフレイム殿と婚約が決まっていることを周知させられたのだからな」

バーン陛下と謁見《えっけん》した時に婚約を否定しようとした私を引き留めて、考えがあると言っていたのはこういった事態を見越してのことだったのですか。

なんて腹黒《はらぐろ》いのでしょう！　頭からつま先まで真っ黒ですわ、このお方……！

「なんとも粋な計らいをするではないか、ジュリアス殿！　確かにスカーレットならばどれだけ近衛兵を殴ろうが罪には問えぬだろう！　戦力的にも申し分ないしな！」

アルフレイム様が目を輝かせてジュリアス様に熱い視線を送ります。

当のジュリアス様は暑苦しいとばかりに視線を逸らすと、私の方を向いて言いました。

「少しは貴女が望む展開になったかな？　狂犬姫よ」

……この腹黒《はらぐろ》王子にしてやったりの顔をされるのは本当に腹立たしいことではありますが、これは認めざるを得ませんね。

ジュリアス様だけが世界で唯一私の気持ちを理解してくれて。どんなことをしてでもそれを叶えてくれる、ただ一人の方なのだということを。

「この国でどれだけお肉を殴ってもすべてアルフレイム様の責任になる……他人の責任で殴るお肉はとても美味しそうですわね」

「スカーレットォ⁉」

ふふ。ご心配には及びませんわ、レオお兄様。

いくらお肉食べ放題とはいえ、世のため人のため、ちゃんと殴る相手は悪いお肉だけに限定しますので。

「今すぐにここを発ちましょう。レックスが心配です」

レックスがイフリーテ様の下にいるのであれば多少は安心ですが、ヴァルガヌス様の下にいる場合、すぐにでも助けに行く必要があります。そのためにも一刻も早くイフリーテ様を絞めて情報を聞き出さなければなりません。

「僕も行く。このメンバーだと戦力としては申し分ないけど戦いに夢中になりすぎて足をすくわれそうだからな」

いつの間にか人化していたナナカが、私の隣で執事服の襟を正しながら言いました。

言われてみれば、後方支援や周囲の索敵を担当する方が襲撃メンバーには誰一人おりません。

となればナナカの存在は必要不可欠ですわね。私達のいざという時のためのストッパー兼、マスコットキャラ的に。

「そういえば他の紅天竜騎兵団の方々からの支援は受けられないのですか？」

私の質問にジン様が答えます。

「非番で帝都にいた者は呼び寄せましたが、この宮殿にいる者ですべてです。他の者達は――」

「良い。話せ」

言い淀むジン様にアルフレイム様が続きを促します。ジン様は少し考える素振りを見せた後、ため息をついて言いました。

「一か月程前から我が国の近海に、大型の魔物が頻繁《ひんぱん》に出没するようになりました。紅天竜騎兵団の大半はその対処で常に出払っているため、国家存亡の危機でもない限り帝都に呼び戻すことはできません」

「国家機密故、他言無用で頼むぞ！」

バチンとウィンクするアルフレイム様。ジン様が言い淀むわけです。

紅天竜騎兵団はヴァンキッシュ帝国最強の空戦部隊。

それが今、対外的にはほとんど機能していないということがもしヴァンキッシュを狙う他の国の耳に入ってしまったら、国防上大変な問題になります。そんな機密を私達に明かしたということは、それ程までにこちらを信頼していると見て間違いないでしょう。

「責任重大ですわね」

「なに、そう気負うな！　私とスカーレット。それに我が紅天竜騎兵団が誇る紅の四騎士、ジン、ノア、ジェイク、ランディ。さらにヘカーテまでいれば、たとえ近衛兵団と戦闘になったとしても問題はあるまいよ！」

「言っておくが妾は行かぬぞ」

腰に手を当てて仁王立ちで自信満々に宣言したアルフレイム様の隣で、ヘカーテ様がサラッと告げました。

彼女はドヤ顔のまま固まるアルフレイム様を一瞥《いちべつ》もせずに椅子から立ち上がります。

「壊された結界を張りなおさねばならぬ。それにまたここに兵が攻め込んで来ぬとも限らぬからな」

そう言うとヘカーテ様は私の方を向いて、手招きをしてきました。

「なんでしょう……？」

首を傾げながらヘカーテ様の前まで歩いていきます。すると彼女は私の胸元をおもむろに手で触れると、目を瞑って言いました。

「……番《つがい》の巣を守るのは、伴侶《はんりょ》たる妾の役目じゃ。これ以上貴様に譲ってたまるか」

「あの……？」

困惑していると、ヘカーテ様がゆっくりと私の胸から手を離します。

「それで精々気の済むまで暴れてくるが良い。狂犬め」

そう言って、ヘカーテ様は応接室から出て行ってしまわれました。

ふと気が付くと、先程魔眼《まがん》によって消費された魔力がすべて回復しています。

ヘカーテ様が私の胸に触れた時に、魔力を補充していったのでしょう。

「感謝いたしますわ、ヘカーテ様。そして――」

ヘカーテ様はお外で私が暴れるのをご所望のようでした。

それならば――

「貴女のお望み通り、しっかり期待に応えて暴れてみせますわ。殴ったお肉の音がここまで届くように」

決意も新たにグッと拳を握り込みます。そんな私を見て、ナナカとレオお兄様が心配そうな顔で言いました。

「……話を聞くために行くってことを完全に忘れてるな」

「ああ、不安だ……ナナカ、くれぐれもスカーレットが一線を越えないように気を付けるのだぞ。ヴァンディミオン家の未来はお前の双肩にかかっている」

ふふっ。二人共、何をそんなに心配しているのかしら。今の私は期間限定でヴァンキッシュ側の人間。

好き勝手に暴れて、誰かを壁にめり込ませようとも、一切お咎めなしですのよ。

「それでは楽しい楽しいお話合《どつきあ》いに行ってまいります。皆様、また後程」

◆　◆　◆

スカーレット達を業火宮の入口の門まで見送った後。

私、ジュリアス・フォン・パリスタンは一人で応接室に戻り、今までと今後のことに考えを巡らせていた。

「近海で大型の魔物の襲撃か。道理であの戦争好きで知られた拳皇バーンが、我らパリスタンとの協調路線に寛容になるわけだ」

戦好きで強国として知られるヴァンキッシュが、ここのところ大人しくしていた理由がようやく分かった。

何か企みがあってその理由を伏せていると思っていたが、実際のところは周辺国と小競り合いをする余裕すらもうないのだ。

きっと数少ない中立国であり隣国でもあるパリスタンとの同盟関係は、喉から手が出る程に欲しかったのだろう。

「それをもっと早く知っていたなら、ヴァンキッシュ側からもっと譲歩《じょうほ》が引き出せただろうに」

今更言っても詮無きことではあるが。その場合、まずそもそも同盟自体を組まなかった展開もありえるか。

「さて、どうしたものかな」

椅子に腰掛け次の手を模索していたその時。廊下から駆け足が聞こえてきたかと思うと、部屋のドアが勢いよく開いた。レオナルドだ。

「ジュリアス様！　シグルドが帰還しました！」

「ようやく帰ってきたか。待ちくたびれたぞ、あの新人調査官め」

私がそう言った直後、シグルドがレオの後ろに顔を出した。

「シグルド・フォーグレイブ。ただ今帰還致しました」

そう言って会釈《えしゃく》をするシグルドの顔には、いくつもの切り傷が浮かんでいる。

それはつい直近でできた傷を治癒《ちゆ》したものだと一目で分かった。どうやら余程の修羅場《しゅらば》をくぐってきたらしい。

「皇宮で何があった。知り得る限りの情報を教えろ」

「ヴァルガヌスとイフリーテが共謀してバーン皇帝陛下の暗殺を企てているところを確認しました。証拠はここに」

そう言って、シグルドは録音用の魔道具を机に置いた。

これを二人の罪を告発するための証拠として使えるかどうかは怪しいところではあるが、黒幕の確信が取れたのは一歩前進といっていいだろう。

「ご苦労だったな。良くぞあの皇宮の厳重な守りから抜け出して、ここまでたどり着けたものだ」

レオの労いの言葉にシグルドは首を横に振って否定した。

「……俺一人の力ではここまでたどり着けませんでした。それどころか、敵側の暗殺者の手によりあわや命を落とすところだったので」

「一人の力ではないというのはどういう意味だ？　誰か協力者がいたということか？」

「その男は突然、降って湧いたように俺の前に現れたんです。そしてまるで生徒に授業を教える教師のように、こう言いました。『これから貴方に本当の暴力という物をご教授しましょう』と」

◆　◆　◆

業火宮を出た私達は、なるべく人目がつかない道を通るため、慎重に進み始めました。ところが――

「大通りを行けば詰所《つめしょ》まではすぐではないか。さあ行くぞ！　私に続け！」

などと騒ぎ出したバカ皇子のせいで、あやうく巡回《じゅんかい》の兵士に見つかるところでした。

この脳筋《のうきん》……ご自分が今、この国で一番権力を持つヴァルガヌス様に敵視されていることを本当に分かっているのですか？

「はっはっは！　まさか大通り中に私達を監視するための兵士達が巡回《じゅんかい》しているとはな！　ヴァルガヌスらしい姑息《こそく》な手だ！」

人気のない裏路地で、何がおかしいのかアルフレイム様が笑いだします。その前方でナナカがげっそりした顔で言いました。

「止めるのがあと一歩遅れていたら見つかって大騒ぎになるところだった……」

実際、ナナカが痺れ吹き矢を放ってアルフレイム様を停止させなければ、兵士が殺到して詰所《つめしょ》に向かうどころではなくなっているところでした。こんな切羽詰まった状況じゃなければ、この能天気なドヤ顔を確実にブン殴っていたでしょう。

「ノア、ランディ、ジェイク。もう二度とこのバカ皇子に先頭を歩かせるな」

無表情ながら確実に怒りを滲ませた声色でジン様が命令します。その声に名前を呼ばれたお三方が順々に答えました。

「アル様後ろに降格～？　やった～、じゃあアル様ボクの隣ね～？」

「ならば先頭はこの俺！　ランディがいただいたあああ！」

「……これはこれで収拾が付かなくなったが大丈夫か、副隊長」

ジン様が表情を変えずに眉をピクピクと怒りに震わせます。そういえば紅天竜騎兵団の方々は皆、このような方々でした。

心中お察しいたしますわ。

「詰所《つめしょ》まではもう目と鼻の先だ！　皆の者！　突撃する準備は良いな⁉」

「「おおー！」」

アルフレイム様の問いかけに応じるように、ノアさんとランディさんの鬨《とき》の声が路地に響き渡ります。

「本当に大丈夫かこのメンバーで……」

「申し訳ございません。このようなバカ共で」

心底不安そうな顔をするナナカに、感情が死んだ声でジン様が答えます。いけません。

お二方がレオお兄様のように負のオーラを纏《まと》いだしました。ここは私が助け舟を出すべきでしょう。

「ナナカ、ジン様、大丈夫ですわ。もしアルフレイム様がこの先余計なことを言いそうになったら、私が物理的に黙らせますので」

ぐっと拳を握り込みながら笑顔で宣言します。これで少しでも二人の心労が軽くなれば良いのですが。

「いや、それはそれで問題が――」

「よろしくお願い致します。いっそ殴るついでに地面に埋めてもらっても構いません。どうせその内自力で出てくるので」

「はい。うるさい姿が視界から消えるようにしっかりブン殴りますわ」

「ええ……それでいいのか、ヴァンキッシュ帝国……」

真面目組の意思もしっかり統一できたところで、さあ参りましょうか。イフリーテ様がいる帝都の北西端、近衛兵団詰所《つめしょ》へ。

第五章　ご立派になられましたね、お嬢様。

皇宮の西側に位置するその詰所《つめしょ》は、他の後継所候補の方々の住居だった宮殿とは違い、壁も門も存在しない一階建ての平たく長い質素な建物でした。

建物の手前には石畳の広間が広がっていて、そこには近衛兵の方々が槍《やり》を持って訓練に励んでいるのが見えます。

また、詰所《つめしょ》の裏手には切り立った山がそびえたっていて、その至るところに飛竜が飛び交っているのが見えました

「……裏手からの侵入は無理そうですわね」

近くの路地からこっそり顔を出して詰所《つめしょ》の様子をうかがいながらつぶやきます。

「かといって表から侵入するにもこの兵の数じゃ無理だ」

ナナカが答えると、全員が黙り込みます。そんな中、アルフレイム様が真面目な顔で言いました。

「――もう、良いのではないか？」

何が？　と聞き返す前に、アルフレイム様が路地から出ていき姿を晒します。

「は？」

ジン様が呆然とした顔でつぶやきました。

そんな彼や私達をその場に置き去りにして、アルフレイム様は悠々と詰所《つめしょ》の広間の方に歩いていきます。

「こそこそするのは性に合わぬ。それに、我々の目的はイフリーテとの話し合いだ。それなのに、入る前から怪しい動きをしていれば気づかれた時に無駄に警戒心を与えるだけであろう？」

そこだけを聞くとまともなことを言っているように聞こえますが、真正面から無策で突き進んでいくそのお姿はバカそのものでした。

「それにどちらにしろイフリーテと会えば我らの存在は周知の事実となるのだ。ならば開き直って正面から突入して呼び出す方がてっとりばやいし、潔かろう――なあ近衛兵団の諸君らよ！」

アルフレイム様が叫ぶと、私達に気づいた近衛兵団の方々がこちらに一気に殺到してきます。

「テメエ！　アルフレイムじゃねえか！」

「どの面下げてこの詰所《つめしょ》に入ってきやがったこのクソ野郎！」

ついには広間だけでなく、詰所《つめしょ》の中からも槍《やり》を握った兵士達がこちらめがけて駆け寄ってきました。総勢百名程になるでしょうか。彼ら全員がアルフレイム様に対して剥き出しの殺意を向けております。

「人望がありすぎるというのも考え物だな！　そうは思わんか、皆の衆よ！」

「で、このバカ皇子の処遇はどうすれば良いでしょうか」

私の質問に、ジン様は真面目でいることを半ば諦めた投げやりな声音で言いました。

「今更物理で口を利けなくしてももう遅いでしょうし、後は殿下の好きなようにやっていただきましょう」

アルフレイム様が大人しくしているとは思っていませんでしたが、やはりこうなりましたか。

私としても潜入任務などは性に合いませんので、こちらの方がやりやすいですが。

「諸君、私はイフリーテに用があってここに来た。今すぐに建物に戻ってここまでイフリーテを呼んできてくれたまえ」

圧倒的な上から目線のアルフレイム様の言葉に、ただでさえ怒っていた近衛兵達がさらに顔を真っ赤にして激怒します。

まあ、火に油を注ぐのがとってもお上手。さすがは業火の貴公子ですわ。いえ、強火の貴公子でしたっけ。

「誰が呼んでくるものか！」

「隊長の代わりに俺達がここでぶっ殺してやる！」

近衛兵達が槍《やり》の穂先をこちらに向けながら、私達を取り囲んできます。このままでは話し合いどころではありませんね。

「仕方ありません。一旦この方々を黙らせて置物にしてから、今一度話し合いの席を設けましょうか」

そう言って、手袋をはめた拳を握り込んだ直後。アルフレイム様が思い切り息を吸い込んでから、仁王立ちで叫びました。

「出てまいれ、イフリーテ！　我が名はアルフレイム・レア・ヴァンキッシュ！　今ここに、貴様との誓いを果たしにきたぞ！」

凄まじい声量に、近くにいた私達は思わず耳を塞ぎます。

近衛兵の方々もあまりの大声に一瞬面食らっていましたが、すぐにバカにしたように笑い出しました。

「馬鹿かテメエは。イフリーテ様は今深い眠りにつかれている。いくら声がデカいからって、起きてくるはずが――」

「――アアアアルフレイムウウウウウ！！！」

詰所《つめしょ》の入口が爆発して、凄まじい勢いで激怒状態のイフリーテ様が飛び出してきます。

それを見た近衛兵達はあんぐりと口を開けて叫びました。

「起きてきたーーー!?」

こめかみに血管を浮き上がらせたイフリーテ様は、喪服《もふく》と思われる赤い羽織り物をしておりました。

葬儀《そうぎ》は今日あったとはいえ、数時間も経ってまだ喪服《もふく》を着ているなんて……余程バーン陛下のことを慕われていたのですね。

「なんだ、引きこもって出てこないと聞いた割には随分と元気そうではないか！」

「殺されに来たのかテメエ……！」

アルフレイム様はイフリーテ様の恫喝《どうかつ》にまったく臆することなく、挑発的な顔で返します。

「言ったはずだ、かつての誓いを果たしにきたと。父上が亡くなった今、不戦の契りは消えさった。

さあ、貴様の望み通り、存分に殺し合おうではないか！」

「……っ！」

父上、という言葉を聞いた瞬間、イフリーテ様がハッと顔を強張らせます。

そして握り込んだ拳を解いた彼は、私達に背を向けてその場を去ろうとしました。

「……今は気分じゃねえ。消えろ」

先程までの殺意はどこにいったのか、その背にはまるで覇気が感じられません。

やはりバーン陛下が亡くなったことが彼の心に相当に深い影を落としていることは間違いないようです。

そんなイフリーテ様を見て、アルフレイム様は目を細め、見下すような表情で言いました。

「――つまらぬ男だ」

それは奇しくも、バーン陛下が戦おうとしなかった私達に向かって言った言葉と同じ物でした。

「元より皇帝の座を争う器ではなかったということか。父上も冥府《めいふ》で落胆しているであろうよ。こんな腑《ふ》抜けに目をかけた自分の目が節穴であったとな」

「……あ？」

立ち去ろうとしていたイフリーテ様がピタッと足を止めます。

アルフレイム様は肩をすくめると、さらに馬鹿にしたような声音で挑発的な言葉を口にしました。

「所詮《しょせん》はどこの者とも知れぬ卑しい捨て子。今に至るまで一度も私に勝てなかったのも道理よな」

「……テメエ、もう一遍言ってみろ」

イフリーテ様がこちらに振り返ります。

うつむいていて表情こそ見えないものの、ブルブルと全身を震わせているその姿からは、先程よりもさらに大きな怒りの発散を我慢しているように見えました。そこへとどめのようにアルフレイム様が決定的な一言を口にします。

「もうよい。それ以上強がるな。何者にもなれず、強者に立ち向かうことすら忘れた牙の抜けたお前には、そこで朽ちていくのがお似合いだ——負け犬め」

「——ぶっ殺す！」

イフリーテ様が拳を振り上げ、獣のような俊敏さでアルフレイム様に襲いかかります。

アルフレイム様は顔面に向かってくるイフリーテ様の拳を片手で受け止めると、不愉快そうな顔で口を開きました。

「……これだけ挑発してやってもこんなものか？　イフリーテ、貴様なぜ本気を出さぬ。まさか本当に父上が亡くなられたことが原因で腑《ふ》抜けているなどとは言うまいな？」

「おせえんだよ……なにもかも……！」

アルフレイム様の問いに、イフリーテ様は絞り出すようなかすれ声で答えました。

「陛下が生きてる間にテメエをぶっ殺して、俺の最強を証明するはずだった。それが俺を強い戦士に育てるために拾ってくれた陛下への恩返しのはずだった……！」

血を吐くようなイフリーテ様の独白に、アルフレイム様が驚きの表情を浮かべます。

それはおそらく、今までアルフレイム様ですら見たことがないイフリーテ様の本心からの言葉だったのでしょう。

「だが陛下は俺とテメエとの私闘を禁じた！　命を賭けた決闘の誓いが果たされたら、俺が死ぬと思ったからだ！　ふざけんじゃねえ！　俺から強さを証明する機会を奪うヤツは、誰であろうと許さねえ！　だから俺は陛下を――」

　そこまで言いかけて、イフリーテ様の表情が固まります。今まで目を背けていた、何か致命的なことに気が付いてしまった。

　そんな表情でした。

「……？　陛下が死んだら、俺は一体誰に恩返しをするんだ……？」

「イフリーテ、貴様先程から何を言っている？」

　アルフレイム様が怪訝な顔をしながら、イフリーテ様の拳から手を離します。

　イフリーテ様はふらふらとした足取りで後退ると、両手で頭を抱えてぶつぶつとつぶやき出しました。

「そもそもヴァルガヌスと俺が手を組んだのは、私闘の禁止令を撤廃《てっぱい》するためだったはずだろ……？　皇帝の座なんてどうでもいい。アルフレイムをぶっ殺せればそれだけで良かったんだ……それがどうして、こんなことになっている……？」

「た、隊長……？」

「一体どうしたんですか……？」

　周囲の近衛兵達もイフリーテ様の尋常ではない様子にざわつき始めます。

「何か様子がおかしいですわね。まるで私達には見えない幻覚でも見ているかのようですわ」

「あやつ、何かヤバイ食べ物でも食べたのではなかろうな」

「殿下じゃあるまいし、それはないでしょう」

あきれた様子でつぶやくアルフレイム様に、ジン様が冷静にツッコミを入れました。

困りましたわね。お互いやる気満々という状況を期待していましたのに。これでは開戦できません。

殴る気満々でここに来た私の鬱憤《うっぷん》は一体どこで解消すれば良いのでしょう。

「……おいテメエら」

不意に頭を抱えていたイフリーテ様がつぶやきました。

呼ばれた近衛兵達が顔を見合わせます。そんな彼らに向かってイフリーテ様は言いました。

「俺の頭を殴れ」

「えっ⁉」

近衛兵達が困惑の表情を浮かべます。

「さっさとやれ！　死にてえのか！」

「いや、でも殴ったら後で俺らが殺されそうですし！」

拒否する近衛兵達に業を煮やしたのか、イフリーテ様は顔を上げると血管が切れそうな程に真っ赤な顔で叫びました。

「誰でもいいから殴れっていってんだろクソ共が！　ぶっ殺すぞ！」

「――誰でもいいのですね？」

身体強化の加護を使って一気にイフリーテ様の背後に近づきます。

そして腰だめに構えた拳を、彼の後頭部に向かって思い切り振り抜きました。

「ギャッ!?」

ボキャ！　っと骨がひしゃげるような打撃音が響き渡ります。

殴られたイフリーテ様は顔面を地面の石床に激突させると、ズザザーっと頭を擦り付けながら逆立ちのような体勢で、詰所《つめしょ》の建物の方に吹っ飛んでいきました。

「な、なんでテメエが隊長を殴ってるんだよ!?」

スッキリした顔で伸びをしていると、慌てた近衛兵達が私にそう尋ねてきます。そんな彼らに私は首を傾げながら答えました。

「誰でもいいと言われていたので……？」

「殴るとしても普通はイフリーテ様に頼まれた俺達だろ!?　なんで敵のテメエがこれ幸いと殴ってんだよ!?」

「据え膳殴らねば女の恥と言いますし……？」

「そんな格言聞いたことねえよ！　え？　パリスタンの貴族の女って隙あらば人を殴るのか？」

「パリスタンの治安どうなってんだよ、怖すぎだろ……」

ちょっと小突いただけで大げさですわね、まったく。心配しなくても、一度殴った私には分かります。

イフリーテ様ならあれぐらいどうってことはありませんわよ。むしろ加護もないあの程度の打撃で沈んでもらってはこちらが困りますわ。

「だって、まだまだ本番はこれから、でしょう？」

十メートル程離れた場所で、私達に足を向けるようにうつ伏せに倒れていたイフリーテ様が、ゆっくりと立ち上がります。

「……いってぇ……このクソアマ……思い切り殴りやがって」

肩を回しながら頭を傾け、首の関節をボキボキ鳴らすイフリーテ様。

その声音は先程までの鬱屈《うっくつ》とした怒りの滲むものではなく、本当に同一人物かと疑う程に平静で落ち着いた響きをしていました。

「だがおかげで頭がスッキリしたぜ。ヴァルガヌスのクソ野郎、舐めた真似しやがって……絶対にブチ殺す。だがその前に――」

イフリーテ様が私達に向かって振り返ります。

口端を歪めて凶悪な笑みを浮かべたその顔は、左半分に赤い竜の鱗《うろこ》のような物が浮き上がっていました。

「まずテメエらを全員ブチ殺さねえとなァ！」

叫び声と共にイフリーテ様がボロボロになった上半身の服を脱ぎ捨てます。

「なっ……!?」

露わになったイフリーテ様の上半身を見て、私以外のその場の全員が驚愕《きょうがく》の声を漏らしました。

皆様の反応から見るに、イフリーテ様がその姿を見せたのは、身内の方々に対してもおそらくこれが初めてだったのでしょう。

「人間としての俺の力だけで陛下を認めさせたかったけどよォ……もういねえんじゃ抑える必要もねえよなァ！」

上半身の胸元と腹筋以外の全ての部分を覆う竜の鱗《うろこ》。背中から生えた一対の一メートル程にもなる竜の翼。

そして鱗《うろこ》が現われた左側の頭から突き出た歪な禍々しい一本の角。

竜人と竜そのものの中間のようなイフリーテ様の外見に周囲の方々が驚く中、私は一人、その姿に既視感を覚えていました。

「奴隷《どれい》オークションに現れた魔獣のような姿のドノヴァンさんに似た形態の変化ですわね」

ドノヴァンさんや、ガンダルフさん達ライカンスロープは人と魔獣の混血《ハーフ》と言われています。

あの時のドノヴァンさんは理性をなくししたことで、ライカンスロープが持つ魔獣としての性質が剥き出しになっているようでした。

今のイフリーテ様は理性こそ無くしておりませんが、その体には竜の身体的特徴が強く表れているように見えます。

その姿が私の目には暴走したドノヴァンさんと重なって映りました。

「もしやイフリーテ様は、人と飛竜の混血《ハーフ》なのではありませんか？」

私が尋ねるとイフリーテ様はペッと口の中に溜まっていた血を地面に吐き出します。

そして答える義務はないと言わんばかりに私を睨みつけてきました。

それを見たナナカは、私の隣で短剣を構えながら緊張した顔でつぶやきます。

「人と飛竜の……そうか、だったらアイツが飛竜に好かれるっていうのもうなずけるな」

本来交わることのない種族同士の混血児。

ライカンスロープは魔獣の因子を取り込んだ人間の子供が、突然変異でなるものと言い伝えられておりますが、人と飛竜の混血《ハーフ》が存在するというお話は今まで見たことも聞いたこともありませんでした。

人か悪魔かそれとも神の御業か。一体どのようにして彼はこの世に生を受けたのでしょう。

「私、とても気になります」

おそらくは世界でも稀《まれ》な存在である人と飛竜の混血《ハーフ》であるイフリーテ様の、あの鱗《うろこ》で覆われた筋肉質な肉体の殴り心地が、私気になって仕方がありません。今から彼はアルフレイム様と決闘をするような流れですが、どさくさに紛れてどうにか一発殴れないものでしょうか。

と、そんなことを考えながらそわそわしておりますと――

「――面白い！」

突然背後から叫び声がして、声の主であるアルフレイム様が私の前に歩み出てきました。

その顔は先程までの退屈そうな表情とは違い、目を輝かせて笑みを浮かべ、イフリーテ様の変化に興味津々のご様子です。

「貴様がそのような力を隠し持っていたとはな！　どれ、今一度かかってくるが良い！　私と戦うに値するか試してやろう！」

両腕を組み、防御の姿勢すら取らずに相変わらずの慢心っぷりを見せるアルフレイム様。

このお馬鹿さんはご存じないでしょうが、ドノヴァンさんは以前獣性を解放させることで、身体能力を大幅に向上させていました。

もしそれがイフリーテ様にもあてはまるのだとしたら、その力は先程までの比では――

「――うるせえよノロマ」

瞬きの間にアルフレイム様の目前に肉薄したイフリーテ様が、ぼそりとつぶやきました。

「！」

アルフレイム様がイフリーテ様を目視で確認して、驚きに目を見開いた次の瞬間。

イフリーテ様はアルフレイム様に背中を向けると、後ろ向きの態勢のまま閃光のような後ろ蹴りを放ちました。

「ぐうっ⁉」

ドゴォ！　と、重々しい鉄塊が叩きつけられるような音と共に、アルフレイム様の身体が遥か後方に吹っ飛んでいきます。

身体能力もさることながら、水が流れるがごとく流麗なイフリーテ様の一連の所作《しょさ》には、まったく無駄がありませんでした。

攻撃に移った瞬間に剥き出しだった感情すらも排除されて、人体を効率的に破壊することを突き詰めたようなその動きは、武を極めた方のそれです。

実際の身体能力は加護によって強化された私より少し上程度でしょうが、瞬間的な最高速度は私の三倍速を優に上回るものでしょう。

「……そういやテメエに殴られたのはこれで二回目だったな」

イフリーテ様が右足を突き出した体勢のままつぶやきます。

アルフレイム様の後ろにいた私への距離は約二メートル。すでに攻撃の射程範囲内ですわね――お互いに。

「――ついでに死んどけ」

蹴り足を戻したイフリーテ様が身体を回転させながら私の方に飛びあがります。

こちらに背中を向けて、空中でぐるんと弧を描くように振り回されたイフリーテ様の右足が、死神の鎌のように私の側頭部に向かってきました。

回転回し蹴り――まるで舞を踊っているかのように流麗なその技に交差させるように、私は左足を思い切り蹴り上げます。

「〝加速三倍《アクセラレーションスリーバースト》〟……！」

部位だけでなく全身を連動させた上に加速《アクセラレーション》の加護を込めた私の左上段蹴りが、イフリーテ様の蹴り足と空中で衝突しました。

バキィ！　と人体がぶつかり合う鈍い打撃音が周囲に響き渡ります。

その反動で私の身体はわずかに後ろに後退しますが、イフリーテ様は翼をはばたかせて空中に留まりました。

「女の蹴りじゃねえなテメエ！」

「そちらは殿方にしてはふがいない蹴りですわね？」

私の挑発にイフリーテ様は舌打ちをすると、不意にナナカの方に視線を向けました。

そして彼はおもむろに大きく息を吸い込み頭を後ろに傾けます。

「なんだ……？」

ナナカが警戒して短剣を構えますが、イフリーテ様の意図を察した私は咄嗟に加護を発動しました。

「〝停滞《オーバークロック》せよ〟――！」

停滞《オーバークロック》の加護により、周囲の時間が一気に遅くなります。

ナナカに向けられていたイフリーテ様の口の奥を見ると、そこには燃え盛る炎の揺らめきが見えました。

「飛竜の吐息《ドラゴンブレス》ですか。まさかそんなことまでできるようになっていたなんて、危ないところでしたわねナナカ」

加護の発動が間に合って安心しました。さて、後はこの停滞した時間ギリギリまでイフリーテ様をボコボコに――

「……これは一体、どういうことですか？」

停滞した時の中で、イフリーテ様の目がゆっくりと私の方を向きました。

「ありえません」

完全に停止しているわけではないとはいえ、停滞《オーバークロック》の効果で百分の一の速度でしか動けないイフリーテ様が、明らかにそれ以上の速度で動いています。

それどころか、飛竜の吐息《ドラゴンブレス》を吐こうとするその動きは、次第に速度を増して現実の時間の流れに戻ろうとしているようでした。

「……時間切れ、ですわね」

ボコボコに殴るのを断念した私は、イフリーテ様の顎《あご》を拳で打ち上げます。

その瞬間、停滞《オーバークロック》の効果が切れて周囲の時間は元の時を刻み始めました。

「ごっ⁉」

時間差でイフリーテ様の顎《あご》が跳ね上がり、上空に向けて炎を吐き出します。

空に吹き上がった炎の吐息《ブレス》は、人を一人焼き尽くすには十分過ぎる程の威力でした。

「っ！」

それが自分に向けられていた物だと気づいたナナカは青ざめた顔でその場から飛び退って離脱します。

近くにいては私の足を引っ張ると思ったのでしょう。ナナカには悪いですが、その判断は正しいといえます。なぜなら——

「……今の私には他の方を守りながら戦う余裕はあまりなさそうですので」

先程の停滞《オーバークロック》……効果量も使用時間も明らかに普段の物より劣化していました。

加護の力も十分に溜め込んでありますし、効果が弱まるような要因はないはずですのに。

もしや私が気づいていないだけで、身体強化や加速《アクセラレーション》の加護も弱体化しているのでは――

「クソアマ……テメェのその力、時間を操る加護か」

イフリーテ様が首の関節をコキコキと鳴らしながら上に向いていた顔を私に向けてきます。

停滞《オーバークロック》の最中に時間の流れが正常に戻りかけたせいで加護の正体を見破られましたか。

「道理でその華奢《きゃしゃ》な身体に不釣り合いなとんでもねえ動きをするわけだ。だがよ、テメェじゃ俺には勝てねえな」

私に殴られた顎《あご》を親指で差しながら、歯を剥き出しにしてイフリーテ様が叫びます。

「所詮《しょせん》は女だなァ！　軽いんだよ、テメェの攻撃は！　その程度の威力じゃ俺の竜鱗《りゅうりん》は抜けねえよクソアマ！」

「……軽い、と言いましたか」

そこまで言うのであれば食らっていただきましょうか。全力全開の私の拳を。

「――スカーレット様、後ろへお下がりを」

加護を発動させようと身構えたその時、ジン様の声が背後から聞こえた私は、そのまま後ろに飛び退ります。

その直後、私とすれ違うように背後から短槍が凄まじい勢いでイフリーテ様に飛んでいきました。

「食らうかよ！」

イフリーテ様が目前に迫った短槍を蹴り上げます。蹴りの破壊力により中程で真っ二つに折れた短槍は、空中で爆発四散しました。

衝撃を与えると爆発する槍《やり》——以前にも見たジン様の爆裂投擲槍ですわね。

「オラオラオラアアア！　二番手は俺だあああ！」

息をつかせる間もなく、目を爛々と輝かせたランディ様が槍《やり》を頭上で旋回させながらイフリーテ様に突撃します。

それを見たイフリーテ様は余裕の笑みを浮かべて叫びました。

「馬鹿が！　正面から向かってきてテメエごときが俺に勝てるわけが——」

「——悪いが正面だけではない」

「——こっちは三人いるからねー」

左右に展開していたジェイク様とノア様がイフリーテ様に接近して、彼にとっては完全な死角から槍《やり》を突き出します。

紅天竜騎兵団の三人による三方向からの同時攻撃。これに対しイフリーテ様は——

「うざってえんだよ！　アルフレイムの金魚のフン共が！」

左足を軸に駒《こま》のように回転し、右足で弧を描くように回し蹴りを放ちます。

その蹴りは寸分たがわず同じタイミングで繰り出された三人の槍《やり》の柄を、足の甲で側面から叩いて弾き飛ばしました。

「っ⁉」

三人は驚いた顔をしながらも、後ろに少しだけ距離を取って槍《やり》を構え直します。

そこへジン様が歩み寄り、落ち着き払った声でつぶやきました。

「――包囲を解くな。四人でやるぞ」

「「了解」」

普段のおちゃらけた様子が微塵も感じられない真剣な表情で三人が答えます。

もう、イフリーテ様は私がブン殴る予定でしたのに。五倍速で。

「あの、皆様。盛り上がっているところ申し訳ないのですが、イフリーテ様は私の獲物――」

「――全員、疾く退くがいい」

私の声を遮りながら、後ろの方からそんな声が聞こえてきたかと思うと、突然轟音《ごうおん》が響き渡ります。

振り向くとそこには燃え盛る炎を背から噴出させたアルフレイム様が立っておりました。

その顔には先程までの油断は一切なく、強者と戦うことへの喜びに口端は歪み、獰猛《どうもう》な笑みが形作られています。

「イフリーテは私がやる」

アルフレイム様が一歩歩くごとに、地面は焼け爛《ただ》れて、煙が立ち上がります。

感情の昂りが抑えきれず、火の魔力となって体からにじみでているようでした。

「あ？　誰が誰をやるって――」

「動くな」

イフリーテ様が凄みながら前に出ようとすると、ジン様達四騎士が槍《やり》を突き出して牽制します。

「……」

前進を阻止されたイフリーテ様は、面倒くさそうな顔で目を閉じると大きく息を吸い込みました。

それを見たジン様が怪訝な顔をします。その直後——

「——ガアアアアア！」

イフリーテ様が飛竜の咆哮《ほうこう》のような雄たけびをあげました。

あまりの声量に思わず耳を塞ぎたくなる中、何事かとその場の全員がイフリーテ様を訝しげに見ます。

すると彼は何かを成し遂げたかのようにニヤリと口端を笑みの形にゆがめました。

そして次の瞬間——

「ギャアアアアア！」

飛竜の叫び声が上空から響き渡ってきました。

空を見上げると詰所《つめしょ》の裏の山から二十頭にも及ぶ飛竜の群れが、こちらに向かって飛んで来ています。

「雑魚《ざこ》共はアイツらと遊んでな」

イフリーテ様が顎《あご》をしゃくりながらそう言うと、すでに私達の頭上まで接近していた飛竜は、こちらに向かって急降下してきました。

「——身体強化」

加護を発動して地面を蹴った私はナナカの隣まで一気に離脱します。

「……散開！」

少し遅れてジン様の叫び声と共に、騎士の方々が各々別々の方向に飛び退りました。

直後、全長五メートルにも及ぶ巨大な質量の飛竜達が私達が立っていた場所に凄まじい勢いで降り立ちます。

その衝撃により石床は砕け散り、地震でも起きたかのように地面が振動しました。そんな中——

「アルフレイムウウウ！！！」

「イフリーテエエエ！！！」

飛竜達から離れた開けた場所で、イフリーテ様とアルフレイム様が蹴り足と拳を激突させておりました。

「どれだけこの時を待ったと思ってやがる！　ようやくテメエを本気でブチ殺せるぜ！」

「このアルフレイム、最早容赦せん！　イフリーテよ、我が業火で消し炭になるが良い！」

人間離れした破壊力を持つお二人のぶつかり合いは、交錯する度に周囲に轟音《ごうおん》と破壊をまき散らし、建物や地面を粉砕していきます。

「なんだあの化け物共……巻き込まれたらひとたまりもないな……」

ナナカが嫌そうな顔でつぶやきます。私としてはイフリーテ様を分からせにあの輪に飛び込んでいきたいところではありますが——

「さすがにあれを放置するわけにはいかないでしょう」

詰所《つめしょ》の建物の方に視線を向けると、ジン様達四人が各所で飛竜と交戦しているのが見えました。

「どうやら苦戦しているようですわね」

彼らとしても一対一で生死を問わない相手であればもっと優勢に戦えるのでしょうが、多勢に無勢の上、竜騎士にとっては相棒でもある飛竜相手には全力を出せないようです。

「ここは部外者である私の出番かしら」

「さっきまでは関係者だって言ってここまでついてきたのに……わっ⁉」

ナナカの頭を撫で撫でしながら、飛竜の方に足を向けます。そうですわね。十頭も倒せばジン様達も大分楽になるでしょう。

助走をつけてイフリーテ様をブン殴るのはその後に取っておきます。

「――さあ、ドラゴンステーキ食べ放題のお時間ですわ」

「グルルゥ……！」

近づいてくる私に気づいた飛竜の一頭が、こちらを見て低く唸ります。

そういえばレックスも初めて出会った時はこのような感じでしたね。懐かしいですわ。

「大丈夫。怖くないわ。おいで？」

微笑みながら手を握り込み、指の関節をボキボキと鳴らします。そんな慈愛を振りまく私に対して、飛竜は大きく口を開けて――

「グオオオ！」

私を飲み込もうと突進してきました。

「あらあら。そんなに慌てなくても私は逃げませんわよ？」

その場で飛びあがり、前方に宙返り。

「――〝身体強化《おすわり》〟」

勢いあまって私の足元を通り過ぎていく飛竜の頭に着地するように、加護で強化した左足の踵落としを食らわせます。

「グギャッ!?」

弾力のある固い肉の感触と共に、左足が飛竜の頭にめり込みました。脳を揺らされた飛竜はそのまま気絶して頭から地面に倒れ込みます。

「このお肉――ミディアムレア、といった感じでしょうか」

ヴァンキッシュに来てから鍛えられた固い筋肉ばかり殴っていたせいか、中々どうして悪くない食感ですわね。

「スカーレット！　上だ！」

ナナカの叫び声に頭上を向くと、空から一頭の飛竜が私に向かって襲いかかろうと翼をはばたかせている最中でした。

あの質量で上から飛び込んでこられたらさすがに殴り辛そうですわね。

「ちょっと失礼しますわね」

倒れている飛竜の尻尾の先端を両腕で抱え込みます。尻尾も弾力があって殴ったら中々気持ちよさそうです。

「グガアアア！」

そんなことをしている間に、頭上の飛竜が私に向かって一気に急降下してきました。お肉をゆっくり楽しむのはまた次の機会ですわね。

「――〝加速三倍《アクセラレーションスリーバースト》〟」

抱き着いたまま尻尾を持ち上げて、そのまま思い切り飛竜の身体をブン回します。

標的は当然、私の頭上すぐ近くまで迫っている飛竜の身体です。

「ギャアアア⁉」

ボゴォ！　という派手な重低音が響き渡り、気絶した飛竜をハンマーのように横から叩きつけられた飛竜が、悲鳴を上げながら吹っ飛んでいきました。

飛んでいった飛竜は詰所《つめしょ》の屋根に激突して、天井部分を破壊してめり込んだまま動かなくなります。

「めちゃくちゃだ……どっちが危険動物なのか分からないぞこれ」

その様を私の後ろの方で見ていたナナカが呆れたようにつぶやきました。

ナナカったら。私のようなか弱い淑女に対してなんて失礼な。後で撫で繰り回し、もふもふかわいがりの刑に処します。

「さて、ノルマはあと八頭ですか」

周囲を見渡すと、私が倒した個体とは別の二頭の飛竜が地面に倒れているのが見えました。

そしてその先ではジン様達が地上に降りた四頭の飛竜と一対一で戦っています。

上空では常に残りの飛竜が旋回していて、彼らの隙を狙っているようでした。

「あれでは息をつく暇もありませんね」

ジン様達の顔には汗が浮かび、疲労の色が見えました。

飛竜を殺さないように加減をしていることも、さらにその疲労を加速させているのでしょう。

「皆様を休ませるためにも手早く片付けてしまいましょう……あら？」

不意にめまいがして、足元がふらつきます。貧血《ひんけつ》を起こした時のような気持ち悪さに、思わず地面に倒れ込みそうになりました。

「こ、れは……」

両足に力を入れてなんとか踏みとどまりながら、動悸を起こしている胸を手で押さえます。

魔力切れを起こした時よりももっとひどい、この感覚はまるで――

「加護の力が枯渇《こかつ》しかけた時のような――！」

その時、私が弱った隙を狙って胸元にどこからか矢が飛んできました。

反射的に矢を手づかみしながら、飛んできた方向に視線を向けます。

「……そういえば貴方達もおりましたね」

そこには近衛兵団の方々が横一列にズラリと弓を構えて立っておりました。

その中でリーダー格と思われる方が私に向かって叫びます。

「女だと思って侮るな！　イフリーテ様とアルフレイムと渡り合う程の化け物だぞ！　動かなくなるまで弓を放て！」

号令と共に大量の矢が私に降り注いできます。これは流石に加護を使わずに回避することは不可能ですが、これ以上加護を使えば私は――

「スカーレット！　僕の後ろから離れるな！」

背後にいたナナカが私の前に飛び出しました。いけません、あの量の矢はいくら貴方でも――

「風よ――！」

ナナカが透明な刃先をした短剣を頭上に掲げて叫びます。

すると突然私達の前方に一陣の突風が吹き、放たれた矢はすべて近衛兵の方に返っていきました。

「ぐあっ⁉」

「くっ……風がいきなり！」

「あの短剣、魔道具か⁉」

前衛にいた弓兵が矢を受けてひざまずきます。

殺傷力はないにしてもあれだけの規模の風を一瞬にして呼び出す魔道具……相当に貴重な物でしょう。

「いつの間にそのような物を？」

「風の精霊シルフの短剣――別れ際にディオスが友好の証って言って置いてったんだ。アイツのことだからなんか変な罠が仕掛けられてるんじゃないかって思って今まで使わずにいたんだけど……本物だったみたいだな」

ピキ、と短剣の刃に深い亀裂が入ります。この様子ではもう風の力は引き出せないかもしれません。

しかし近衛兵の方々はそれに気づいていないようで、弓を槍《やり》に持ち替えていました。

この短剣、一回きりとはいえとても良い働きをしてくれましたね。

直接謝辞を述べるのは癪《しゃく》なので、心の中だけでディオス様に感謝しておきましょう。

「……さっきから様子がおかしいけどどうしたんだ？　いつものスカーレットならこれくらいの暴れ方じゃ汗一つかかないはずだろ？」

短剣を懐《ふところ》に隠しながら、小声でナナカが尋ねてきます。やはり普段からよく私を見知っているナナカにはお見通しですか。

「……加護が枯れかかっているようです。おそらくあと一回でも使用すれば私は倒れるかと」

ナナカが驚いたように目を見開き、動揺《どうよう》を悟られないようにすぐに元の表情に戻ります。

「まずいな。ジン達は動けないし、アルフレイムも――」

アルフレイム様の方に視線を向けると、イフリーテ様とお互い防御なしの殴り合いをしておりました。

「ふははは！　効かぬ効かぬ！　飛竜の力をもってしてもその程度か！」

「テメエの攻撃も効いてねえんだよボケが！　オラァ！」

戦況はまったくの互角のようで、しかもお互いに鋼鉄《こうてつ》の加護と硬質化した竜の鱗《うろこ》で防御力を高めているため決定的な攻撃が通らず、長期戦の様相を呈しております。

「……スカーレットがこれ以上戦えないなら、もう撤退するべきだ」

大量の殴って良いお肉を前にして撤退するなんて普段ならもっての外ですが、今はそれが最善かもしれません。

「でもそのためにはこいつらを突破しないと……クソッ、どうすればいいんだ！」

ナナカが焦った顔で舌打ちします。雑兵が百人でも難しい状況ですのに、相手は完全に武装したヴァンキッシュ帝国の近衛兵です。

ナナカが一人で相手をするには荷が重いでしょう。

「せめてもう一人、大勢とも渡り合えるぐらいの戦力がいれば――」

ナナカが短剣を構えながらつぶやいたその時でした。

「……ナナカ、聞こえますか？」

遠くの方から大勢の人間が迫ってくる足音と、それに混じって金属が揺れる音が聞こえてきます。

「……まさか」

聞こえてくる方向にナナカと共に振り向きます。私達が抜けてきた裏路地ではなく、帝都の中央を突き抜ける大通り。

その方角から、武装した大勢の兵士達がこちらに向かってくるのが見えました。

「そんな……見えるだけで四、五百人はいるぞ……」

ナナカが放心したようにつぶやきます。その間にも隊列を組んで行進してきた兵士達は詰所《つめしょ》を囲うように散開しました。

そしてその中央から、一人の見覚えのある方が歩み出てきます。

彼――ヴァルガヌス様は手に持った扇で私達を指し示すと、声高らかに叫びました。

「ヴァンキッシュ帝国の平和を脅かす反逆者共よ！　戦いを辞めて直ちに投降しなさい！」

その場の全員が戦いをやめて、ヴァルガヌス様の方に視線を向けます。

注視《ちゅうし》されていることにヴァルガヌス様は笑みを浮かべると、配下の兵士達に扇を向けて命じました。

「全員捕らえろ」

兵士達がこちらに対する包囲を狭めるようにじわじわと前進してきます。

それを見た近衛兵の一人は槍《やり》を下ろし、兵士に気安く近づいて声をかけました。

「よう、兄弟。こっちも被害を覚悟してたから助かったぜ。協力してさっさとアイツらを捕まえようぜ」

近衛兵が兵士の肩を叩こうと手をあげます。しかしその直後、兵士は突然無防備な近衛兵の腹に槍《やり》の石突を叩き込みました。

「がっ⁉　お、お前……なんで……」

崩れ落ちる近衛兵を見下ろしながら、兵士は吐き捨てるように言いました。

「気安く触れるな、反逆者が」

一部始終を見ていた近衛兵達が互いに顔を見合わせてざわめき出します。

まさか自分達も反逆者とされているとは思っていなかったのでしょう。

仲間がやられたことを怒るより、困惑が勝っているご様子でした。

「スカーレット様」

声に振り向くと、飛竜達と交戦していたジン様達四人が私の下に駆け寄ってきました。

疲労しているようではありますが、あれだけの数の飛竜と戦って表立った負傷が見られないのは流石ですわね。

「ヴァルガヌス様……クソ野郎の本性を表しましたわね」

私達とイフリーテ様が潰し合って弱まったところを一網打尽にし、勝ち残った自分がすべての権力を独占する……おそらくヴァルガヌス様はイフリーテ様と手を組んだ時からずっとそのつもりで動いていたのでしょう。

「あー、絶対性格合わないヴァルガヌスがイフリーテと手を組むなんて変なの～って思ってたんだよね～」

ノア様が肩で息をしながらその場にへたり込みます。その隣でジン様が険しい顔をしながら口を開きました。

「我々がここに乗り込むこともあらかじめ想定していたのでしょう。そうでなければ、戦いが始まってからここまで早くこの数の兵を動員できることに説明がつかない」

まんまとヴァルガヌス様の思惑《おもわく》に乗ってしまったというわけですか。

私が万全の状態ならともかく、近衛兵百人が相手でも厳しい状態で、この人数を退けるのはかなり骨が折れそうですが――

「ヴァルガヌス、テメエ――！」

叫び声と共に兵士達の前にアルフレイム様と戦っていたはずのイフリーテ様が空から降ってきました。

火傷や軽傷を負いながらも覇気はまったく衰えておらず、その顔にはアルフレイム様に向けていた以上の怒りが浮かんでおります。

「よくも俺を謀りやがったな！　アルフレイムの前にまずテメエからぶっ殺す！」

竜人に似た真の姿となったイフリーテ様を初めて見た兵士達が、怯んで前進を止めました。

そんな中、ヴァルガヌス様はまったく動じた様子もなく口を開きます。

「生温いことを。本来皇位というものは血を分けた親族ですら殺し、屍山血河《しざんけつが》を踏み越えた者だけが手にするものだ。騙される方が悪いのだよ。それと――」

扇で口元を隠し、ヴァルガヌス様が眉をひそめながら軽蔑《けいべつ》した声音で言いました。

「お前が隣にいると獣臭くて鼻が曲がりそうだったのだ。もう用済みなのだから、さっさと私の前から消えてくれ」

「……っ！　このクソ野郎がアアア！」

イフリーテ様が前傾姿勢になり地を蹴ろうと足を踏み出します。しかし、次の瞬間――

「っ!?」

彼はその場で踏み留まり、目を見開いて硬直しました。

視線の先はヴァルガヌス様の方に向けられているように見えますが、私の視点からは特に変わった様子は見受けられません。

一体何に対してそのように驚いたのでしょう。

「やれ」

その隙を見逃さず、ヴァルガヌス様が命じると一人の兵がイフリーテ様に矢を放ちました。

矢は硬直したままのイフリーテ様の胸に突き刺さります。普通の人間なら重傷は免れない一撃ですが――

「――ハ」

イフリーテ様は口元を吊り上げて笑みを形作ると、突き刺さった矢をあっさりと引き抜きました。

こちらから見る限り、刺さったはずの傷口からは一滴の血すら流れておりません。

よくよく見れば、アルフレイム様と戦った時に負っていた怪我も火傷以外はすでに治っているようでした。

凄まじいまでの再生力ですわね。これも半竜半人の身体がなせる技ですか。

「今の俺に、こんなモンが通用すると本気で思ってんのか？」

矢を放り投げたイフリーテ様が、今度こそ兵士達に襲いかかろうと身構えます。

その姿を見て、ヴァルガヌス様が笑みを深くしました。イフリーテ様は怪訝な顔をしながらも、駆け出そうとして――

「……あ？」

その場にガクリと膝《ひざ》をつきました。

それと同時にイフリーテ様の口端や目から血が滴り落ち、彼は立っていられなくなったのかすぐにその場に倒れ込みます。

「毒……？　ふざけんな……この身体には毒も効かねえ、はず……！」

ビクビクと痙攣《けいれん》しながらも、イフリーテ様が立ち上がろうともがきます。

しかし自分の身体から流れ出たおびただしい量の血の海に沈みました。

やがて動かなくなったイフリーテ様を見て、ヴァルガヌス様は勝ち誇った顔で口を開きます。

「その矢に塗ってあったのは飛竜を殺すことに特化した呪いの毒だ。普通の人間であればなんともないが、今の姿となったお前には猛毒になるだろう」

飛竜のみに特化した呪いの毒……そのような物が存在していたのですね。

初耳ですし、それがもし量産できる類の物なのであれば、飛竜を主戦力とするこの国にとっては致命的な切り札になり得る物でしょう。

「なんだそれは……そんな物の存在、聞いたことがないぞ」

ジン様のつぶやきに、他のお三方も無言の同意を示していました。

どこからか取り寄せたのか、それとも秘密裏に研究して作り出していたのか。

すべては後継者争いで内戦になった時に、自国の飛竜や裏切る予定だったイフリーテ様と戦うことも想定した上で、前々から準備していたのでしょうね。何から何まで用意周到でご苦労なことですわ。

「紅天竜騎兵団の者共はともかくとして――スカーレット嬢」

ヴァルガヌス様が私を見ながら手を差し出してきます。

「アルフレイムの女ではあっても、貴女は元より他国の貴人だ。抵抗をせずに大人しく捕まってくれるのであれば、丁重に扱うことを約束しましょう」

私の顔色を見て、弱っていることを察したのでしょう。

ヴァルガヌス様の顔には余裕の笑みが張り付き、完全にこちらを見下しているのが見て取れます。

こんなゲス野郎に大人しく捕まって自尊心を高めるための餌になるだなんて、死んでもごめんですわ。それに、そもそもにして――

「私はアルフレイム様の女ではありませ――」

「――私の名を呼んだな！　美しき我が寵姫《ちょうき》、スカーレットよ！」

暑苦しい声と共に、私達の目の前に筋肉馬鹿《アルフレイム》がドヤ顔で降ってきます。

この国の方々は空から登場しないと死んでしまう病気かなにかなのでしょうか。

「戦っていたはずなのにイフリーテ様だけ戻ってきたのでおかしいと思っていましたが、一体どこで油をお売りになっていたのですか？」

「フッ、心配には及ばん。山の奥の方まで蹴り飛ばされて戻ってくるのに少々時間を要してしまっただけのことよ。この通りピンピンしているわ」

そう言って、ドンと自分の胸を叩くアルフレイム様。

ほとんど防御もせずに激しく戦っていたように見えましたのに、この方もほぼ無傷の模様です。

火への耐性もさることながら、相変わらず物理的な攻撃に対してはほとんど無敵ですわね。

敵になると面倒なことこの上ないですが、味方になると暑苦しいという欠点を抜けば心強い存在といえます。

「誰も心配はしていませんし、こんな状況でなければそのまま戻ってこなくて結構だったのですが」

「照れるな照れるな！　助けを求める声なき声が聞こえたぞ！」

そう言って笑った後、ふと真顔に戻ったアルフレイム様が私にささやきます。

「……何があったかは知らぬが少し休め。後は私に任せるが良い」

……当たり前のようにすぐに私の不調に気づいて、気遣う言葉をかけてくるのですね。

ジュリアス様もそうですが、やはり王子様というのはどの方も女たらしですわ。

「――さて」

アルフレイム様がヴァルガヌス様の方に振り返ります。

口元を歪めて獰猛《どうもう》な笑みを浮かべたその顔は、明確なまでの殺意に満ち溢れていました。

「我が闘争に余計な手出しをしてくれた罪は重いぞ、ヴァルガヌス。消し炭になる覚悟は良いか？」

並の方なら怖気づいてしまうような殺意をぶつけられてもヴァルガヌス様は動じた様子もなく、やれやれと肩をすくめます。

「まだご自分の立場が分かられていないようだ。バーン陛下が亡くなった今、貴方の第一皇子という立場は最早ハリボテに過ぎないのだよ、アルフレイム。つまり――」

扇を開きながら、ヴァルガヌス様が声高らかに叫びます。

「宰相《さいしょう》である私への反逆は即、死刑だ！」

「黙れ下郎！　貴様を滅し、傀儡《くぐつ》になっているフランメを解放すればすべて片がつく話よ！」

アルフレイム様が叫び返しながら、背負っていた槍《やり》をヴァルガヌス様の方向に向かって突き出します。

それに対しヴァルガヌス様は、余裕を態度で示すように扇でゆっくりと自分を仰ぎながら言いました。

「なるほど。確かにイフリーテすら敵に回した今の私は孤立無援だ。ここで貴方が勝てば、皇位もなにもかもが思うがままだろう。だがね――」

扇を仰ぐ手を止めて、ニヤリと笑みを深くしたヴァルガヌス様が勝ち誇った顔で口を開きます。

「この私が勝算もなくわざわざここに姿を晒したと思ったか？」

ヴァルガヌス様の背後から長い前髪で片目が隠れた紫髪の少年――ルクさんが歩み出てきます。

バーン陛下が亡くなられてから姿をお見かけしていませんでしたが、ヴァルガヌス様のところにいらしたのですね。

「――やれ、ルク」

ヴァルガヌス様が命じるとルクさんは自信がなさそうな顔で私達を見て、ぺこりと頭を下げました。

彼はおもむろに両の手の平を前に突き出すと、聞いたことがない不思議な言語を語り出します。

それを見たアルフレイム様は眉をひそめてつぶやきました。

「あれは……ヘカーテが使っている物と同じ古代の竜言語《りゅうげんご》か……？」

また初めて聞く用語が現れました。

古代竜言語《こだいりゅうげんご》……文字通りに解釈するのであれば、古《いにしえ》の時代から竜によって使われていた言語ということになるのでしょうが、一体それにどんな意味があるのでしょう。

「ルクは竜人のくせに人間の子供と同じ程度の身体能力しか持っていない。だがその代わり、あの黒竜《こくりゅう》姫ヘカーテですら扱えぬ特殊な力をいくつも持っているのだよ。その一つが――」

ヴァルガヌス様の言葉を引き継ぐように、ルクさんの身体から透明な紫色のオーラのような物が放たれます。

それはルクさんを中心として一瞬にして広がり、私達の身体を通り抜けて半径数百メートル程度の範囲を覆いつくしました。

避けようがない程の速度だったため、正面からまともにオーラを浴びてしまいましたが――

「……なにも影響はないようですわね？」

他の皆様も同様のようで、何をされたのか分からず眉をしかめております。

そもそも、あのオーラはルクさんを中心に円形状に広がっていったため、私達だけでなくヴァルガヌス様やその配下の方々も全員浴びておりました。

悪影響を及ぼすような効果があったとして、自分達を巻き込むように使うわけがありません。

そんな風に私が思案しておりますと、ヴァルガヌス様が扇でアルフレイム様を指し示して叫びました。

「反逆者共を矢で射よ！」

号令に従って百人近くの兵士達が一斉にこちらに弓を向け、矢を放ちます。

雨のように降り注ぐ矢を前に、私とナナカ、ジン様達は一斉に横に跳んで回避行動を取りました。

しかしアルフレイム様はその場から一歩も動かずに、両手を広げて全身で浴びるように矢を受け止める構えを取ります。

「はっはっは！　たかが矢の百本や二百本！　かゆいかゆ――」

次の瞬間、大量の矢がアルフレイム様の全身に突き刺さりました。

「ぐわあああ!?」

絶叫しながらアルフレイム様がその場に仰向けで倒れます。そう、まごうことなきアホです。

「なにをやってるんですかあのアホは……」

ジン様が冷めた目でつぶやきます。

私も同様の感想を抱き、アルフレイム様を見下ろしながら蔑みの視線を向けるために近づいて――

「アルフレイム様……？」

倒れたアルフレイム様の身体から、大量の血が流れ出ていることに気づいてしまいました。

「いつまでふざけているのですか。鋼鉄《こうてつ》神の加護を持つ貴方が、弓矢程度で傷を負うはずがないでしょう。さっさと――」

そこまで言いかけて、ジン様が顔をしかめます。他の騎士の方々もいつまで経っても起き上がってこないアルフレイム様の様子に、顔色を変えました。

そんな中、ノア様が倒れているアルフレイム様に歩み寄ります。

「アル様～そろそろ起きないとまた矢の雨降らされる、よ……？」

私の隣でアルフレイム様を見たノア様が、目を大きく見開きます。そして、首を傾げて言いました。

「え？　アル様、もしかして死んでる？」

「「は？」」

ノア様の言葉に、ジン様達が困惑の声をあげます。

彼らは一斉に駆け寄ってくると、アルフレイム様を見下ろしてから一拍置いて言いました。

「「いや、ホントに死んでるし」」

目は大きく見開かれ、全身を矢で貫かれて血を流してピクリとも動かないその様は、誰がどう見ても死んでおります。

「……あの、こんなアホな死に方がありますか？」

私の問いに誰もが答えられずに立ち尽くす中、ジン様が呆然とした顔でつぶやきました。

「なぜ加護を使わずに矢を受けたんだ……？　アホなのかこの人は。いや、アホなのは知っていたが……」

確かに、加護さえ使えばアルフレイム様に物理的な攻撃はほぼ通用しないはずです。

それをなぜ使わなかったのでしょう。イフリーテ様との闘いで使い果たした、ということはまずないでしょうし。

「はははは！　やったぞ！　一番の脅威だったアルフレイムを殺してやった！　よくやったぞ、ルク！　ざまあみろ、うつけ者め！」

声の方に振り向くと、ヴァルガヌス様が腹を抱えて笑っておりました。

その隣では、ルクさんが今にも倒れそうな青い顔をして立っております。これはもしや——

「ルクさんが先程放った何かの術——アルフレイム様が加護を使えなかったのはそれが原因ですか」

私の言葉にヴァルガヌス様が笑いをピタリと止めると、こちらを見てうなずきます。

「ご名答。先程ルクが使った術は一定の範囲内における神々の寵愛《ちょうあい》を打ち消す呪いの結界だ。これがアルフレイムや貴女のような強力な加護持ちを倒すために用意した私の切り札、というわけだ」

加護を打ち消す結界……？　また聞いたこともないような力のご登場ですか。

不意打ちのような真似ばかりをして、本当に憎たらしい方ですね。

「イフリーテを倒すために飛竜殺しの血も抽出《ちゅうしゅつ》し、結界まで使わせたからな。正直ルクはここで使い捨てることも視野に入れていたが——」

言葉を遮るように、ついにルクさんが意識を失ってヴァルガヌス様に向かって倒れかかります。

ヴァルガヌス様はそんなルクさんの頭を片手で掴むと、無理矢理その場に立たせながら高笑いをしました。

「最後の懸念だった狂犬姫！　どういったわけか貴女がすでに弱まっていたおかげで、ルクの力を使い切らずに済んだ！　嬉しい誤算だよ、本当に！　はははは！」

このおしゃべりクソ野郎……今すぐにそのうるさい口に拳を突っ込んで黙らせてやりたいところですが——

「アル様！　起きて！　起きてよ！　アル様あああ！」

ノア様が泣きながらアルフレイム様の身体にすがりつきます。あの冷静なジン様ですら呆然として立ち尽くし。

ランディ様は「うおお！」と叫びながら涙を流して。ジェイク様は空を見上げたまま動かないでおりました。

「……アルフレイム様」

しゃがみ込み、アルフレイム様の頬に手で触れます。

「正直、貴方のことを本気でブン殴ろうと思ったのは一回や二回では利きません。キザで、心身共に暑苦しくて、人の気持ちを何も考えない脳筋《のうきん》でお馬鹿な貴方のことが苦手でした」

「言い過ぎでは……？」

ジン様に突っ込まれながらも、私はアルフレイム様の手を握ってつぶやきました。

「でも、以前のハイキングで共闘して貴方の本心に触れて。この国に来てから貴方の人となりを知った今。少しだけ。そう、ほんの少しだけ……貴方のことを好ましくも思っていたのです。それなのに、あんなアホな死に方をしてしまうなんて……残念でなりませんわ」

「「「最後まで辛辣《しんらつ》すぎでは……？」」」

別れを告げた私は、アルフレイム様の手をそっと離して立ち上がります。何と言われようとこれが私の偽らざる本心ですから。

「アルフレイム様、天上でもどうかお元気で……あら？」

ピクリと、アルフレイム様の胸が隆起《りゅうき》したように見えました。

そのままじっと様子を見ていると、胸に突き刺さっていた何本もの矢がずるっとわずかに手前に押し出されてきます。

「筋肉の脈動で矢が抜け落ちてきたのかしら……」

一瞬自分でも何を言っているのか分からなくなりました。普通に考えて意味不明な現象ですが、おそらくこれは――

「……本当にしぶといお方ですわね、貴方は」

再びしゃがみ込み、アルフレイム様の額に手を当てます。

「――優しき風よ、彼の者の傷を癒したまえ」

治癒《ちゆ》の魔法を発動させてとりあえず身体の表面上の負傷を癒しました。

すると傷ついた筋肉が再生されたおかげか、アルフレイム様の全身に刺さっていた矢がすべて抜け落ちます。

「……ノアさん、心臓の鼓動はどうなっていますか？」

私が静かにささやくと、ノアさんはハッと顔を上げてから慌ててアルフレイム様の胸に耳を当てました。

おそらくは心臓の鼓動が聞こえたのでしょう、ノアさんは目を見開き私を見上げて口を開きます。

「……動いてる！　ほんのちょっとだけど～……！」

ノア様の安堵《あんど》の声を聞いたジン様は、わずかに目を見開いてからすぐに表情を戻し、静かな声で言いました。

「……ノア、あまり感情を表に出すな。向こうに悟られる」

「……うん！」

ジン様は私の隣でしゃがみ込むと、アルフレイム様に視線を向けたまま口を開きます。

「助けられそうですか？」

「治癒《ちゆ》の魔法では表面上の怪我を治すくらいが限界です。このままでは長く持たないでしょう。ですが――」

〝遡行《そこう》〟の加護で時間を巻き戻すことができれば、生きてさえいればたとえ致命傷であっても治すことはできます。

ですが、クロノワの加護の中でも〝遡行《そこう》〟の加護だけは、国防の関係上、決して他国に知られてはならないパリスタン王国の国家機密。

彼らにその能力を知られてしまえば、後々ヴァンキッシュ帝国と事を構えるようなことになった時、足をすくわれるやもしれません。

そんな大事になり得る選択を、果たして私の一存で決めて良いものなのでしょうか――

「私の加護の力であれば、完全に回復することが可能です」

……いいえ。幼い頃、私は誓ったはずです。

この手は、誰かを殴るための拳であれ、誰かを癒すための手の平であれ。世のため人のためにあるのだと。

今、目の前にいる、私にしか救えない人に手を差し伸べないのであれば。今まで私が抱いてきた志には何の意味もありません。

「しかしそのためには、どうにかしてこの加護を打ち消す結界の外に出る必要があります」

外に出たとしても、加護の出力も燃費も落ち込んでいる今の私では、満足に〝遡行《そこう》〟を扱えるかは正直分かりません。

ですがそれでも……私の命を削ってでも。このお方――アルフレイム様をお救い致します。

それが私の人生の師である先生と交わした〝世のため人のため〟の誓いですから。

「これから近衛兵と我々、ヴァルガヌスが従える兵士達が入り乱れた乱戦になるでしょう」

ジン様が槍《やり》を構えて私の前に出ます。それに合わせて他の三騎士の方々も並ぶように前に出て槍《やり》を構えました。

「……我々が活路を切り開き、追ってくる敵を足止めする」

「見渡す限り全部敵なんて燃えるぜ！」

「その間にスカーレットとナナカはアル様を担いで逃げてね～」

アルフレイム様を助けるために身を呈して私達を逃がすおつもりのようです。先程飛竜と戦っていた時の疲労や怪我もあるでしょうに。

「……満足に戦うことができない我が身が口惜しいですが、よろしくお願い致します。それと、危なくなったらすぐに逃げてくださいね」

頭を下げて言うと、ジン様が首を横に振って答えます。

「心配はご無用です。そもそこの馬鹿皇子は我々の主であり、命を賭して守るのは当たり前のことですから。それと……実はこの足止めがうまくいく算段はついています」

ジン様が視線を詰所《つめしょ》の方に向けます。近衛兵達が集まっている奥に立つ、半壊した詰所《つめしょ》の屋根の真上。そこには先程四騎士の方々が戦っていた飛竜達が、空を飛びながら遠巻きにこちらの様子を伺っていました。

「先程我々が戦っていた飛竜ですが、どういったわけかあの様子でこちらに近づこうとしてきません」

「……ホントだ。さっきから戦いに参加してこないと思ったら、あんなところにいたのか」

ナナカが飛竜達の方を見て不思議そうに首を傾げます。

あの飛竜達……てっきりイフリーテ様の仲間かと思っておりましたが、当のイフリーテ様本人がやられた時にはなぜかヴァルガヌス様に敵対しませんでした。それもまた、ルクさんが持っている何かしらの能力なのでしょうか。

「人間だけが相手であれば、我々とて早々に後れは取りません。当然、ここで死ぬ気はありませんので危うくなれば退散致します。というわけですので、どうぞ気兼ねなくこの場から離れてください」

ジン様の言葉にうなずきます。これ以上の心配は、戦士である彼らに対しては失礼にあたりましょう。

「——さて、別れを惜しむ時間は終わりましたか？」

私達の会話を遠くからニヤニヤしながら見ていたヴァルガヌス様が、戯《たわむ》れは終わりだと言わんばかりに口を開きます。

あの余裕ぶったムカつくお顔に嫌みにしか聞こえない言葉。この苛立ちは決して忘れませんわ。覚えておいてくださいな、おしゃべりクソ野郎。貴方は必ず私が再起不能になるまでブン殴ります。

「慈悲深い私は貴方達にもう一度だけ投降する機会を与えてやろう。あと五秒の内に決断しなさい」

ヴァルガヌス様が五本の指を立てます。そしてそれを親指から順に一本ずつ折り始めました。

「五、四、三……」

ジン様が私達に目配せをします。言葉にせずとも、私達にはそれが何を意味しているのかハッキリと分かっておりました。

「二、一」

ヴァルガヌス様がゼロ、と言いかけたその時。

ジン様が背中に一本だけ隠し持っていた最後の短槍をヴァルガヌス様の方に振りかぶって投げました。

短槍は途中に立っていた兵士の槍《やり》によって叩き落とされますが、その瞬間、周囲数メートルを巻き込んだ爆発を起こします。

兵士達が驚き爆発の方に意識が向く中、ジン様は私に小さな声でささやきました。

「……東側に抜けます。ついてきて下さい」

四騎士の方々が一斉に東側に駆けだします。アルフレイム様を背負った私は、ナナカと共にその後を追随《ついずい》しました。

皆様の速度から少し遅れて走る私を見て、前方でナナカが心配そうに口を開きます。

「まだ体を動かすのがきついだろ？　僕が担ごうか？」

「問題ありません。今戦えない私と違って、ナナカは大事な戦力。手を煩わせるわけにはいきませんから」

「……分かった。キツくなってきたらすぐ言うんだぞ」

ナナカにうなずきながら、周囲の様子を見渡します。

北の詰所《つめしょ》側には近衛兵団がまだ百人程おりますし、南側の大通りの方にはヴァルガヌス様とそれを守護する親衛隊が分厚い壁を形成しておりました。

東と西にも当然この詰所《つめしょ》を包囲するために兵士達が配置されてはおりますが、北と南を行くよりは相当に難易度が低いと思われます。

その中でも東側を選んだ理由は、業火宮まで一番の近道である裏通りがあるからでしょう。

「道が開けるまで前の兵士を蹴散らします。通りが見えたら振り向かずに走ってください」

そう言ってジン様が一気に地を蹴り前方に突出します。

兵士達はそれに対して槍《やり》を手に身構えますが、ジン様はお構いなしに自らの槍《やり》を大きく横薙《な》ぎにしました。

「ぐうっ⁉」

「ぎゃあ⁉」

一振りで四人程の兵士達が次々に吹っ飛ばされます。

それに続くように残りの三騎士の方々が槍《やり》を振り回しながら兵士達の群れに飛び込みました。その直後——

「何をしている！　相手は紅の四騎士と言えど、先の戦闘ですでに満足に身体を動かせない程に疲労しているのだぞ！　さっさと捕らえろ！」

ヴァルガヌス様が叫び、それに応じるように兵士達が四方八方から一気に四騎士の方々に殺到します。

しかし前方ではすでにジン様が一人でどんどん兵士達を薙《な》ぎ倒し、その背後で走る私の目にはついに業火宮に続いている抜け道である裏通りが見えました。

「……ノア。前は任せたぞ」

「あいあいさ〜」

ジン様はノア様と短いやり取りを終えた後、こちらに振り向いてそのまま私とすれ違いながら後ろに向かっていきます。

すれ違い様に彼は私に小さな声で言いました。

「……アルフレイム様を、どうかよろしくお願い致します」

私の返事を聞く間もなく、一人で駆けて行ったジン様は背後に迫っていた兵士達と交戦に入りました。

続いてジェイク様とランディ様が、私達を包囲しようと迫ってくる兵士達に対応するため、右と左にそれぞれ駆けていきます。

「皆様、どうかご武運を」

最後に残ったノア様が私とナナカの前に出ます。

小柄な体格に見合わない大人と同じサイズの槍《やり》を構えた彼女は、私達に振り返って言いました。

「飛ばしていくよー。遅れずについてきてね」

前方に密集した数十人にも及ぶ兵士に向かっていったノア様は、小動物のような身軽さで彼らのただ中に躊躇なく飛び込んでいきます。

迎撃《げいげき》しようと槍《やり》を振る兵士の攻撃を避けながら、ノア様は相手の急所を正確に突き、払い。

悲鳴と血しぶきを浴びながら、どんどん前進していきます。

「あはは。ほらほらーもっと本気で来ないとみんな殺しちゃうよー？」

笑いながら兵士達を薙《な》ぎ倒すノア様を見て、ナナカが引き気味の表情で言いました。

「……大人しそうに見えるから忘れていたけどアイツ、戦闘狂のアルフレイム直属の部下だったな」

ナナカがつぶやいている間にも、兵士達は次々と倒されていきます。

そして気づけば、私達の前を阻む敵は一人もいなくなっておりました。

「見えた！　あそこに入ればすぐに裏通りだ！」

ナナカが前方を指差します。

開けた視界の二十メートル程先には石造りの建物が立ち並んでおり、その間には狭い路地が見えました。

行きに通ったため把握済みですが、裏通りの幅は狭く、兵士達が追いついてきたとしても囲まれることはまずありません。

槍《やり》を振り回すのも難しく、そもそも鎧を纏《まと》った鈍重な彼らでは追跡してくることすら困難でしょう。

「ぼくはここで足止めしてるね。それじゃ行ってらっしゃーい」

笑顔で手を振るノア様に見送られながら、ナナカと並んで前に走り出します。

すれ違い様彼女は「アル様を絶対助けてね」とつぶやいて、私達と逆方向に走っていきました。

「……皆様の奮闘、決して無駄には致しません」

包囲から抜け出した私達に気づいて、左右から別の兵士達が追いかけてきますが、位置関係的に路地に到達するのは私達が先でしょう。

裏路地を抜けて業火宮に着いたら、即座にアルフレイム様を治癒《ちゆ》しつつジュリアス様に状況をお伝えして、ジン様と騎士の方々を救い出す策を練ってもらわなければなりません。

合理主義者のジュリアス様のことですから、助けにいくことを渋るかもしれませんが、その時は私のすべてを賭けてでも説得を——

「待て！」

突然ナナカが叫び声をあげて、私の前に飛び出します。

ナナカは即座に懐《ふところ》から短剣を抜くと、私を狙って前方から飛来してきた何かを地面に弾き落としました。

「これは……」

それは、一本の矢でした。

矢が飛んできた方向に視線を向けると、前方にある路地を挟んだ建物の二階のバルコニーに、弓をつがえた兵士が立っています。

それを見たナナカは顔をゆがめて忌々しそうにつぶやきました。

「くそ、援軍か……！」

視界に並んだ建物のすべての二階のバルコニーから、兵士達がずらりと弓を構えて現れました。

そして私達が向かうはずだった路地からも、鎧を纏《まと》って武装した兵士達が列をなして広場に出てきます。

その数はざっと見ただけでも数百人は下らないでしょう。

「皇宮にはもう、ファルコニアの方々以外の予備兵力はほぼいないはずですのに、一体どこから――」

「――呼び寄せたのだよ、国境からね」

私のつぶやきに答えるように、背後から聞いただけで腹が立つ声が響いてまいりました。

振り返るとそこには、見渡す限りの兵士を引き連れたヴァルガヌス様が立っております。

その奥では近衛兵団の方々やジン様達四騎士が、地面に引きずり倒されて捕らえられていました。

「こういった万が一の事態を想定してね。北方の国境警備隊を千人程呼んでおいて正解だったよ。危うく逃げられるところだった」

ほほほ、と気持ち悪い笑い声をあげて扇を仰ぐヴァルガヌス様。

その足元で兵士に押さえつけられたジン様が、ギリと歯を噛みしめながら言いました。

「馬鹿な……国境の警備を空にしただと？　自分が何をしたか分かっているのか貴様」

「ああ、分かっているとも。私を誰だと思っている？　元より軍事を統括《とうかつ》していた軍師将軍だぞ」

フッと口元を笑みの形にゆがめると、ヴァルガヌス様が語り出します。

「魔物や他国の侵攻に睨みを利かせている国境警備隊が任を離れるということは、その周辺の村や街はいつ襲撃を受けてもおかしくないだろう」

ヴァルガヌス様は片手で扇を広げて自分を扇ぎながら、兵士達に指示を出し私とナナカを包囲しました。

圧倒的な人数差で全方位を囲まれた私達はどうすることもできず、それを受け入れざるを得ません。

そうして状況を自分にとって確実に有利なものとした後、再びヴァルガヌス様は口を開きました。

「だが、今は国自体が反逆者共の手によって打倒されるか否かという瀬戸際だ。少数の犠牲など気にしている場合ではない。なに、万が一襲われたとしても村や街の一つや二つ、宰相《さいしょう》となった私の指示の下、すぐに再建できるだろう。気にする必要のない些末事《さまつじ》だ」

「……私欲のために人はここまで堕ちることができるのですね」

私の返しにも、ヴァルガヌス様はまるで意に介した様子もなく余裕の笑みを返してきました。ああ、もう。我慢なりません。

こんなにも太っていないお肉の顔面を殴りたくてたまらない気持ちになったのは、テレネッツァさんの時以来でしょうか。

「人を人とも思わない外道の吐く論理、聞くに堪えませんわね。二度とその汚い言葉を外に出せないように、お口をチャックして差し上げますわ——物理的に」

アルフレイム様を地面に下ろし、拳を構えて戦闘態勢に入ります。

最早戦える力がほとんど残っていないにもかかわらずやり合う気満々の私の姿に、ナナカは焦った様子でこちらを見ておりましたが、最早逃げ道が存在しないことに気づいて諦めたのか、懐《ふところ》に忍ばせた暗器《あんき》に手を伸ばしました。

「……加護は使えそうか？」

「残り一割といったところでしょうか」

本当はアルフレイム様を治療する〝遡行《そこう》〟のためにとっておいた物でしたが、ここで捕まってしまってはどの道、助けは間に合いません。

ならば全力でもって迎え討ち、活路を切り開いて脱出する方に賭けましょう。

「無駄なあがきを……まあいい。貴女が口で言っても聞かないのはもう分かった。兵達よ、その女を捕らえろ。腕の一本程度なら切り落としても構わん」

ヴァルガヌス様がやれやれと肩をすくめながら兵士達にそう命じました。

総勢千人以上の完全武装した兵士達が私達を取り囲み、槍《やり》を突き付けて迫ってきます。

「ナナカ。巻き込んでしまってごめんなさいね」

「まったくだ。スカーレットといるといつもこうなる」

私とナナカは互いの背後を守るように背を合わせます。苦笑しているのか、その背はわずかに震えていました。

「だけど、そんな主を選んだのは僕だからな——最後まで付き合うさ」

その言葉を皮切りに、兵士達が一斉に私達に向かって突っ込んできます。

「クロノワの加護——」

こうなれば何十人……いえ、せめて何人かだけでも。思い切り腹を殴って、今日のご飯が食べられない体にして差し上げましょう。

「身体強……っ！」

加護を発動させようとした瞬間、猛烈な眩暈《めまい》が襲ってきてその場に膝《ひざ》をついてしまいます。

そうですか。もう一度くらいは発動できると思ったのですがそれも叶わないなんて。

「スカーレット!?」

ナナカが私に振り向いて体を起こそうとします。兵士はもう目前に迫っていました。

「せめて一発……一発だけでも、あのおしゃべりクソ野郎の顔面に拳をブチ込んでやりますわ」

にじむ視界の中、拳を握り込んで離れた場所に立っているヴァルガヌス様の方を見上げると、彼は天を仰ぎながら人目もはばからず大笑いをしておりました。

「これで厄介な邪魔者は全部消えた！　この国は私の物だ！　ははっ！　はははは！」

笑いを止めてやろうとその顔面に向かって拳を振り抜き拳圧《けんあつ》を飛ばします。

ですが満足に加護を扱えない今の状態では勢いが足りず、拳圧《けんあつ》はヴァルガヌス様まで届くことなく、手前でむなしく霧散しました。

「なんだ今のは？　まさか拳の風圧で私を殴ろうとでもしたのか？　馬鹿なことを！　無駄無駄、すべて無駄なんだよ！　はははは！」

その結果、いつまでも笑い声は途切れることなく。それは私達が兵士に倒されるまでその場に響き渡るかと思われました。

しかし、次の瞬間――

「ははは――はぎゃっ⁉」

パァン！　と肉が弾ける快音が鳴って、ヴァルガヌス様が顔面をへこませながら後方に吹っ飛びます。

それを見た兵士達は何が起こったのか理解できず、全員が動きを止めて呆然としました。その直後――

「ぎゃっ⁉」

「うげっ⁉」

私とナナカを囲んでいた兵士達の顔面から次々にパァン！　パァン！　と再び快音が響き、彼らもまた顔面をへこませて吹っ飛びます。

「一体何が起こってるんだ……！？」

ナナカがおそるおそるつぶやくと、今度はジン様達を押さえつけていた兵士達が顔面に謎の攻撃を受けて吹っ飛びました。

その光景に見覚えがあった私は、胸の奥から温かい気持ちが込み上げてきて、自然と顔が綻んでしまいます。

幼い時からずっと。私はその人にまたお会いして、感謝の気持ちをお伝えしたいと思っていました。

ようやく、その願いが叶えられそうです。

「だ、誰だ⁉　誰の仕業だ⁉」

「どこから攻撃されている⁉」

「くそ！　出てきやがれ！」

兵士達の誰もが混乱して、出所が分からない襲撃者の姿を探して槍《やり》を振り回す中。

いつからそこに立っていたのでしょう。私達とジン様達から少し離れた誰もいない場所に、一人の殿方が立っておりました。

彼は私を見ると、落ち着いた穏やかな声でつぶやきます。

「——世のため人のためにクズ共を殴る。私の教えは忘れていないようですね」

黒い燕尾服《えんびふく》を着てモノクルをかけた、銀髪混じりの黒髪。手には私が着けている物と同じ、鋲付きの黒い手袋。

端正な顔立ちに浮かぶ表情は常に冷静で、足音すら立てずに優雅《ゆうが》にこちらに向かって歩いてくるその立ち振る舞いは、正に私が七歳の時、初めて見たあのお方と寸分も違わないお姿でした。

「ごきげんよう、スカーレット様。お久しぶりです」

彼は私の前で立ち止まると、跪いて手を差し伸べてきます。

私はその手を取って立ち上がると、安堵《あんど》と喜びのあまりつい、幼少期に戻った時のようなあどけない笑顔を浮かべてしまいました。

「ごきげんよう。そしてお久しゅうございますわ──グラハール先生」

グラハール先生──私が七歳の時、一週間だけヴァンディミオン家に家庭教師として来てくださった恩師の方です。

先生からは様々なことを教わりましたが、中でも最後に教わったことは今でも私の人生の指標となっております。

それは己の信念を貫くということ。そして──

「出会った時はまだ小さな輝きでしたが──」

立ち上がった私と視線を合わせた先生は、目を細めて言いました。

「地に倒れてもなおクズの顔面を殴ろうとする貴女のお姿に、私は感銘を受けました。ご立派になられましたね、お嬢様」

「グラハール先生……もったいないお言葉ですわ。すべては世のため人のため、それと──」

次の言葉は示し合わせたかのように、私と先生の両方の口から放たれました。

「クズを殴って気持ちよくなるため」

十年前の誓いを確かめあった私達は、顔を合わせて微笑み合います。それを見てナナカは困惑した顔でつぶやきました。

「なんでそんな物騒な答えが一緒に出てくるんだ……まるでスカーレットが二人いるみたいだな……」

ナナカったら。先生に比べれば私などまだまだ未熟者ですわ。

「それはそうと――随分と加護を濁らせましたね」

先生の言葉に、私は思わず首を傾げます。

「加護を濁らせる、とはいかなることでしょう……？」

私の問いに先生は「失礼」と答えて目を閉じ、私の手を握る力を少しだけ強めました。

すると、私の体内にあった疲労感が、握られた先生の手に吸い出されるように徐々に抜けていきます。

「これは一体……？」

戸惑っている内に、私の身体から疲労感はすっかり消え失せ、まるでぐっすり眠った後のように体の調子が回復しているのを感じました。

今なら十全に加護を扱えると確信できる程に。

「神々にもそれぞれ人間にとって善なる神と悪しき神がおります。時空神クロノワは善神に当たる存在故、人類の敵である魔の者に魅入られし者には決して力を貸しません」

先生は握っていた手を離すと、手袋を外して私の目の前にご自分の手をかざします。

「スカーレット様。貴女の身体には今、魔の者による刻印《こくいん》が埋め込まれていました」

その手は禍々しい漆黒《しっこく》のオーラのような物を纏《まと》っておりました。

このオーラには見覚えがあります。

ヴァンキッシュに来てから何度となく声を聴き、皇宮の図書館ではついに姿を見せた謎の黒ずくめの男。その男から感じた気配にそっくりです。

魔の刻印《こくいん》という物を埋め込まれたのはおそらく、ガンダルフさんとの戦いで魔眼《まがん》を借りた時でしょう。

胡散臭いとは思っておりましたが、あの黒ずくめ。やってくれましたわね。

「まさかそれが今まで私の身体に……？」

「そうです。これがある限り貴女は加護をうまく扱えず、使おうとする度に魂を削ることになっていたでしょう」

そう言って先生が無造作に手を振ると、黒いオーラは地面に叩きつけられて音もなく霧散します。

どうやって刻印《こくいん》が私の身体にあったのが分かったのか、そしてどうやってそれを私から吸い出したのか。

見ていたのにもかかわらずまったくもって理解不能ですが、先生ならば何を知っていても不思議ではありませんね。

だって、この方はなんでも知っている私だけのグラハール先生ですから。

「スカーレット様」

声に振り向くとジン様が三騎士の方々と共に私達の方に駆けてきました。

敵に邪魔されるかとも思いましたが、相手の兵士達が追いかけようとした瞬間、先生が咎めるように視線を向けたため、彼らはビクッと震えてその場に立ち尽くします。先程の拳圧《けんあつ》による攻撃が余程頭にこびりついているのでしょう。

「この御仁は……？」

私達の前で足を止めたジン様が、先生を見て尋ねてきます。

先生は完璧な所作《しょさ》で会釈《えしゃく》をすると、落ち着いた声で答えました。

「お初にお目にかかります。私、グラハールという者です。数日前より燈火宮でフランメ様の客人として滞在しておりました」

「ああ、貴方が。フランメ様よりお話は聞いておりました。助けていただき、感謝致します」

ジン様が自分の拳同士を合わせながらお辞儀をすると、三騎士の方々も続くように礼をします。

それに対し先生は頭を横に振って答えました。

「お気になさらずに。世のため人のためにやっていることです。感謝をされるいわれはありません」

……本当に先生は、何もかもあの時のまま変わりませんわね。

本来なら積もる話もたくさんありますし、ここにいる兵士達を全員殴り倒しながら十年ぶりの再会を祝したいところですが――

「……先生、私、命の危機に瀕しているアルフレイム様を早急に宮殿に連れて行き、加護の力で治療しなければなりません」

私の言葉を聞いて、それだけで先生は意図を察して下さったのでしょう。

「――お行きなさい。貴女の信じるべき道を目指して」

そう言って、先生は私達から背を背けると、兵士達が一番密集している方に向かって優雅《ゆうが》に歩き出します。

それを見たジン様が困惑した表情で私に問いかけてきました。

「ヴァルガヌスが倒れて指揮系統が混乱しているとはいえ、向こうにはまだ千人もの兵士達がいます。いくらあのお方の腕が立つとはいえ、一人ではさすがに――」

「いいえ、ジン様」

先生の背中を見つめます。

一見細身にすらも見える燕尾服《えんびふく》の下に凝縮された、まったく無駄のない均整の取れたその体は、一切の重心のブレがなく、ただただまっすぐ歩くだけで見る者に強者の圧力を感じさせました。

「たとえあの人数を一度に相手にしたとしても――」

それを見て私は思いました。なんと心強い背中なのでしょう、と。

心配？　そんなものはあり得ません。だって――

「私には先生が傷一つ付けられている姿すら、まったく想像できません」

グラハール先生が近づくと兵士達は警戒して一斉に身構えます。

「気をつけろ！　こいつ目に見えない怪しい術を使うぞ！」

「ちょっと待て⁉　見えない攻撃なんてどうやって気をつければ……ぐぎゃっ⁉」

先生が前進していくと、周囲の兵士達が皆顔面を拳圧《けんあつ》で殴られて吹っ飛んでいきます。

兵士達は拳圧《けんあつ》を防ごうにも不可視のため防げず。

槍《やり》で攻撃しようにも弓で攻撃しようにも、先生の射程距離十メートル以内に入れば人だろうが物だろうが、即座に拳圧《けんあつ》で吹っ飛ばされるため、どうしようもない有様でした。

「でたらめだ……あれで家庭教師って、武術の先生だったたってことか……？」

ナナカの問いに私は「いいえ」と首を横に振ります。

「私は先生から様々なことを教わりました。大陸の歴史、希少な生物のこと、果ては遥か昔から国々に伝わっている神話に至るまで。先生は学者の方でも知らないような本に載っていないことをたくさんご存じでした」

十年前の記憶が今でも鮮明に思い出されます。

先生と共にいた一週間は、短いながらも私にとっては自分の人生観が変わる程の決して忘れられないひと時でした。

「ですが先生の本当の専門科目はそのどれでもなく――」

視線の先で、先生の拳で空高く打ち上げられた兵士達が汚い悲鳴をあげながら一斉に地面にドサドサと落ちてきます。

まるで滝から一斉に魚が降ってくるかのようなその光景に、私は自分で拳を振るっていないにもかかわらず、つい気分がスカッとしてしまいました。

「そう——暴力だったのです……！」

「そんな専門科目があるかあ！」

思わずそう言ってしまうナナカの気持も分からなくはありません。

ですが実際に先生を目の当たりにした今、それが冗談ではないことを分かっていただけたでしょう。

私も先生のようにもっと無駄なく優雅《ゆうが》にクズをブン殴って気持ちよくなりたいものです。

「後は先生に任せて、私達は先を急ぎましょう」

アルフレイム様を担ぎ上げながら大通りに足を向けます。

最早兵士達も私達に構っている余裕がないのか、邪魔をする方は誰一人いませんでした。そんな中——

「おーい！」

背後の詰所《つめしょ》の方から聞き覚えのある声が響いてきました。

振り向けば、二本の角が生えた赤髪の少年——人化したレックスが笑顔で手を振ってこちらに走ってきていました。

「レックス!?　お前どこにいたんだって、うわっ!?」

驚いて声をあげるナナカに、レックスは飛びついて抱き着きます。

「へへー！　ボクに会えなくて寂しかったー？　ナナカー？」

「そんなわけあるか！　ひっつくな！」

引きはがそうとするナナカに頬擦《ほおず》りをするレックス。一見、どこもケガなどはしていないように見えますが——

「無事なようで安心しました。フランメ様と共に連れて行かれたものかと思っておりましたが、ここにいたのですね」

問いかけると、レックスは今度は私に向かって抱き着いてきます。

抱き留めてあげて頭をよしよしと撫でてあげると、くすぐったそうにしながらレックスは言いました。

「フランメと皇宮に行ったらヴァルガヌスに捕まっちゃってさ？　危険だからってボクは殺されそうになったんだけど——」

レックスが遠くの血だまりに倒れているイフリーテ様を見て、眉尻を下げた複雑そうな顔で言いました。

「イフリーテが助けてくれたんだ。飛竜を手にかけるならヴァルガヌス、まず先にテメエをブチ殺すって怒ってね」

イフリーテ様……敵側とはっきり分かっているレックスのために怒って、命を助けてくれたなんて。

常に不機嫌で言葉遣いも乱暴で、人との交流に関しては最悪と言っていい程下手くそですのに、飛竜には本当に優しいのですね。

「その後ここまで連れてこられてさ。本当はすぐにマスターのところに帰りたかったんだけど、一応ボクはイフリーテが捕まえてることになってるから、スカーレットが殴り込みにくるまではここにいろって言われたんだ」

そういうことでしたか。しかしあのお方——イフリーテ様は私のことをなんだと思っているのでしょう。

殴り込みにくるだなんて、物騒にも程がありますわ。結果的にそうなってしまっただけで、本来は話し合いにきたのですからね。

「……ねえマスター」

「なんですか、レックス」

レックスが少し考えるように目を伏せた後、上目遣いで私に口を開きます。

「イフリーテも助けてあげてくれないかな?」

「は⁉」

ナナカが困惑の声を漏らします。

「お前は見てなかったかもしれないけど、今のそいつはスカーレットやアルフレイムでさえ手こずる相手なんだぞ！　助けたところで恩を感じるような性格じゃないだろうし、治療した先でいきなり襲ってきたら大変なことに——」

「それでもさ！」

レックスがいつになく真剣な様子で私達に声を上げます。

「ボクもイフリーテのことなんか全然好きじゃないよ！　でもさ、そいつそんなに思ってる程悪いヤツじゃないと思うんだよね。少なくともヴァルガヌスよりはよっぽど」

それに関しては私も同意します。

少なくとも彼はどこぞのおしゃべりクソ野郎ヴァルガヌス様とは違い、一人の武人として正々堂々と正面から私達に戦いを挑んできましたから。

「あのまま放っておいたら後でヴァルガヌスに捕まってきっと酷い目にあわされちゃうよ！　だからせめて安全なところまでは連れてってくれないかな？」

泣きそうな顔をしながら嘆願するレックスを見てナナカがため息をつきます。

そんなナナカの肩をなだめるようにぽんと叩きながら私は言いました。

「助けましょう。私もできることならイフリーテ様を連れて行きたいと思っておりました」

「スカーレット!?　本気か!?」

「ナナカ、私達がここに来た理由をお忘れになっていませんか？　それは必ずしもイフリーテ様と敵対することではなかったはずです」

私の言わんとしている意図に気づいたナナカが「うっ」と言い淀みます。

「私達はそもそもにしてイフリーテ様からお話を聞くためにここを訪れたのです。ヴァルガヌス様と袂を分かった今の彼ならば、私達が必要としている情報をもしかしたら聞かせてくれるかもしれません」

ジン様達の方を向くと、彼らは私とナナカの話を黙ったまま聞いておりました。

「先程までならともかく完全に復調した私がいるならば、この先もし業火宮に行くまでに兵士達に襲われたとしても何の問題もありませんし、皆様の手を煩わせることはないと断言致しますわ」

私の言葉にジン様はうなずきます。

「私達としても問題はありません。それにもし彼を業火宮に連れて行くというなら、むしろ好都合でしょう」

「好都合？　それはなぜでしょう」

私が首を傾げると、ノア様が代わりに答えました。

「それはね、イフリーテは姫ちんに頭が上がらないからだよ〜？　なんてったって姫ちんは飛竜のお母さんみたいな人だからねー」

ああ、なるほど。飛竜の中でも長寿で、竜族の姫と呼ばれているヘカーテ様は、それこそ飛竜に育てられたイフリーテ様にとっては母のような存在にあたるのかもしれません。だとすれば頭が上がらないというのもあり得る話です。

「……イフリーテ殿は俺が背負って行こう」

「疲れたら俺が運ぶぞー！」

倒れているイフリーテ様のところへジェイク様とランディ様が向かっていきます。それを見てナナカは呆れたようにため息をつきました。

ナナカにの意見に反対するように、なし崩し的にイフリーテ様を救うことを決めてしまったので、少し悪いことをしてしまいましたね。

「心配をかけてごめんなさい。いつもナナカの冷静さには助かっておりますから、これからも私の意見が間違っていると思ったらいつでも言ってくださいね」

「……別に僕は個人的にイフリーテが嫌いなだけだ。そこまで言うなら好きにすればいい」

プイッとそっぽを向いてしまったナナカの頭を撫でようとすると、私に先んじてレックスとノア様が左右からぎゅっとナナカに抱き着きました。

「うわ!? な、なんだお前ら! 暑苦しい! 離れろっ!」

「すーぐ照れ隠しするんだからーもー!」

「ウチのポチみたいでかわいいね~よしよし~」

小さな子達がじゃれ合っている様は癒されますね。ふふ。

「さあ、急ぎ参りましょう——業火宮へ」

第六章　ジュリアス様の馬鹿。

ヴァルガヌス様による軍の進行があったせいかすっかり人気のなくなった大通りを通って、私達は無事業火宮にたどり着きました。

宮内で待っていたヘカーテ様に詰所《つめしょ》での出来事を話すと、彼女は私だけを連れてアルフレイム様をご自分のお部屋に連れて行きます。

業火宮の主たるヘカーテ様の豪奢《ごうしゃ》なお部屋に入った私は、落ち着く暇もなくすぐさまアルフレイム様をベッドに寝かせて治療を開始しました。

「――〝遡れ〟」

アルフレイム様の胸元に手を当て、遡行《そこう》の加護を発動します。

体内の深くまで負っていた傷がすべて正常な状態に戻ると、苦しそうだった顔色が晴れやかな物に戻りました。

「……これが三大神の一柱、時空神クロノワの遡行《そこう》の加護か」

私の隣でその様を見ていたヘカーテ様が、目を細めてつぶやきます。

遡行《そこう》の加護は国家機密故、本来誰にも見られてはいけないため、ヘカーテ様にもご退室いただこうと思ったのですが――

「そもそも貴様らに任せていてこうなったというのに治療は見せられず二人きりにしろだと？　ふざけるのも大概にせよ！」

と言って譲らなかったので他言無用という約束の下、彼女だけ同席していただきました。

「長く生きてきたが、この目で見るのは初めてじゃ。時間を巻き戻すとは……世の理を捻じ曲げるが如き力じゃな。よくもそのような法外な力が人の身に宿ったものじゃ」

ジュリアス様はそんな私よりも凄まじい創造神の加護を持っているのですが、あれも一応世間一般では知られていない情報でしょうから、黙っておきましょう。

「そういえば先程からジュリアス様のお姿が見えませんが行き先をご存じですか？」

「さあな。我は結界の修復に意識を割いておったから知らぬ。貴様らが出発した時にすれ違いでここに来たシグルドとかいう騎士と、残っていた紅天竜騎兵団の連中を連れてどこかに出て行ったとは聞いたがな」

あら、シグルド様もヴァンキッシュにいらっしゃったのですね。

学院卒業後、騎士団にそのまま入るのか否か、今後の進路に悩んでいるようなお話をレオお兄様から聞いてはいたのですが、ジュリアス様の指示で動いているとすれば王宮秘密調査室に戻られたのでしょうか。

それにしてもあの腹黒《はらぐろ》王子……この一大事に一体どこで油を売ってらっしゃるのでしょう。

慈悲深いグラハール先生のことですからヴァルガヌス様達を殴りはしても、重傷を負わせはしないでしょうし、だとすれば彼らは今夜にでもここに攻め込んできてもおかしくありません。

「私はもういつでも戦えますが、アルフレイム様は……」

「体は元通りにはなっておるが、無理矢理に死の淵から呼び戻したのだ。肉体と魂が完全に馴染むまで、丸一日は寝たままであろう」

となれば戦力としてもジュリアス様、ひいては紅天竜騎兵団の方々は必須でしょう。

その両方がいないとなるとまた千人単位の兵力で攻められた場合、私とジン様達四騎士の方々だけではとても手が回らず、またこの宮の皆様にご迷惑をおかけすることになってしまいます。

アルフレイム様を守るためならば皆様喜んで参戦はしていただけるでしょうが、これ以上、自国の民同士で不毛な争いをさせてしまうのは心が痛みますし、何としてでも避けたいところです。

「そういえばイフリーテ様はどうなりましたか？」

イフリーテ様も詰所《つめしょ》から運ぼうとした時はアルフレイム様同様に重傷でしたが、ここに着いた頃にはすでに傷は塞がっておりました。

それを見たヘカーテ様がこの程度の怪我であれば後はこちらで受け持つと言って、侍女の方に別室に運ばせていたはずですが――

「イフリーテのあの状態はもうほぼ飛竜に等しい。念のために竜に効く秘薬を塗ってやった故、半日もあれば目を覚ますであろう。それよりも――」

ヘカーテ様が眉根《まゆね》を寄せて怪訝な表情で口を開きます。

「……飛竜を殺す毒と言ったか。そのような物、妾ですら聞いたことがないが、ヴァルガヌスは本当にルクが作ったと言っていたのか？」

「はっきりとそう言っていたわけではありませんが、会話の流れからそのように判断しました」

私の答えにヘカーテ様は腕を組み、増々考える素振りをしました。

「それに神々の加護を打ち消す結界……これは噂程度ならば聞いたことならあるが、それこそ妾すら生まれる遥か前の、神話の時代にそのような物が存在したかもしれないという程度のものだ。それをあのルクとかいう出自もよく分からぬはぐれ者の竜人が使えるとは到底思えぬが」

「ヘカーテ様はルクさんとはお知り合いではなかったのですか？」

「知らぬ。何年前か忘れたが、突然バーンがどこからか拾ってきたのだ。ルクはそれからずっと皇宮からほぼ出てこぬ故、ろくに会話をしたこともない」

同じ希少な種族なのに意外にも関心がないというか、ドライですわね。

まあ長く生きる種族の方々は、今話せなくても何年か後にでもその内に話せればいいかと思いがちですので、そこら辺の感覚が私達人間とは少々異なっているからかもしれませんが。

「まあ良い。次にルクが出てきた時は妾が対応しよう。少し確認したいこともできたのでな」

「分かりました。ではお任せ致します」

無理矢理ヴァルガヌス様に従わされているように見えるルクさんを殴るのは正直気が引けるので、お任せできるならそれに越したことはありません。

ヘカーテ様であれば竜の術に関しても詳しいでしょうし、ルクさんに何かされてもきっと対応してもらえるでしょう。

「ヘカーテ様！　スカーレット様！」

話が一段落したその時でした。外の廊下から侍女の方の慌てた声が響いてきます。

「なんじゃ騒々しい」

嫌そうな顔をしながらヘカーテ様が手を振ると、ドアが自動的に開いて、間髪入れずに侍女の方が室内に飛び込んできました。

「じゅ、ジュリアス様がお帰りになられました！」

ようやく帰ってきたのですね、まったく。ではさっさと合流して、今後の話し合いをしなくては——

「それと、その……即位されたばかりのフランメ陛下もご一緒のようですが、あたしらおもてなしの支度をした方がいいですかね……？」

……なんですって？


ヘカーテ様と共に広間に行くと、そこにはジュリアス様とレオお兄様とシグルド様、そしてフランメ様が立っていました。

「これは一体どういうことでしょうか？」

私の問いにジュリアス様は何事もなかったかのような平然とした表情で答えます。

「ヴァルガヌスの留守を突いてフランメ殿を奪還しに行ってきた帰りだな」

「それは状況を見れば分かります。私が知りたいのはその経緯です」

眉をしかめる私に、フランメ様が苦笑します。

「……それが私としてもどうして何事もなく脱出できたのか首を傾げているところでして」

ええ……？　当事者のフランメ様まで分からないというのはどういうことでしょうか。

「レオお兄様、一体何が――」

「私がついていながらまさかあのような博打染みた真似を……一歩間違えれば最悪の状況に……うう……」

何やら胸を押さえてとても苦しそうにしていらっしゃるので、レオお兄様に尋ねるのはやめておきましょう。となると――

「お久しぶりです、スカーレット様」

何か月ぶりかにお会いしたシグルド様は、以前お会いした時よりも体付きがたくましくなっているように感じます。日々鍛錬している成果でしょう。ご立派ですわ――と。

「シグルド様……？」

挨拶の後、シグルド様はなぜか頬を赤らめて呆けたような表情でじっと私を見つめたまま、固まってしまいました。

「どうか致しましたか？」

首を傾げて尋ねてみますと、ハッと我に返ったシグルド様が頭を横に振ります。

「い、いえ！　なんでもありません！」

勢い良く私から視線を反らすシグルド様。ああ、分かりました。

ヴァンキッシュの衣装が珍しくてつい気になってしまったのですね。

動きやすくはありましたが、やはり着慣れたいつものドレスが一番殴りやすいので後程着替えておきましょう。

「落ち着け。私が順を追って説明する」

腕を組みしたり顔でそんなことをのたまうジュリアス様。なんでこんなに偉そうなのでしょう。いいえ、確かにフランメ様を救出してきたことはお手柄ですが、それは私達がヴァルガヌス様をおびき出したからできたことで——あ。

「もしや最初からそれを予期していて私達を囮《おとり》に使ったのでは……？」

「残念ながら私がヴァルガヌスの動向を知ったのは、貴女達と入れ違いで皇宮からやってきたシグルドからでな。通信用の魔道具さえ持ち込めていればそちらにも情報を伝えられたのだが、タイミングが悪かったな」

何が残念なものですか。知っていたら嬉々として囮として使うつもりだったくせに。

「話を戻すぞ。シグルドからヴァルガヌスの不在とフランメ殿が監禁されていることを聞いた私はすぐさま、ここに残されていた二十六名の紅天竜騎兵団の面々を招集した。理由はもちろん——皇宮に囚われているフランメ殿を救出しに行くためだ」

◆　◆　◆

「お待ちください、ジュリアス様……！」

地下道にレオナルドの控えめな声が響き渡る。

ここはシグルドが皇宮から脱出する時に使ったという、帝都の隅にある墓地から続いている地下道だ。幅と高さは共に五メートル程で、繋がっているという皇宮の庭まではかなりの距離があると思われる。

道中には一切の灯りがなく、各々が手に持っているランタンを掲げて先を進んでいた。

「ヘカーテ殿に聞いた話によると、ここは元々皇室御用達の緊急脱出口だったが、敵に背を向けるくらいなら戦って死ぬを地で行くこの国の皇族は、結局一度もここを使うことなく存在すら忘れられていたらしい。まったく、この国の皇族らしいというかなんというか」

「ジュリアス様……！」

二度目の呼びかけで私は足を止めた。振り向くとレオが困惑と怒りの混じった表情で口を開く。

「どうかお考え直し下さい。主力の大半が出払っているとはいえ、未だ皇宮には駐留《ちゅうりゅう》している兵や蒼天翼獣騎兵団が待機しております。宮内に土地勘もない我らがこの三十人にも満たない人員で、ヴァルガヌスが帰ってくる短時間の内にフランメ殿を救出するなど無謀にも程があります……！」

レオの苦言に私はふむ、と一つうなずいた後、後ろについてきている紅天竜騎兵団の兵士達に振り向いて言った。

「こう言っているが、諸君はどう思う？」

今まで奇跡的に黙ってついてきていた彼らは、私の一言を皮切りに堰を切ったように一斉に騒ぎ出す。

「ああ⁉　俺達を誰だと思っている！　一騎当千！　泣く子も黙る天下の紅天竜騎兵団だぞ！」

「皇宮でのんきに突っ立っているだけの弱兵など何百人いようが物の数ではないわ！」

「あとなんと言ったか、蒼天なんちゃら騎士団？　聞けばあやつらも我らと同じく大陸の空戦部隊最強を名乗っているそうではないか！」

「ふざけた真似を！　どちらがこの大陸の空を統べるかハッキリさせてやる！」

「ま、俺達今日は飛竜に乗ってないから陸に上がった河童《シーゴブリン》みたいなものだけどな！」

「そうであった！　わっはっは！」

「がっはっは！」

　地下道に二十六人分の笑い声が反響する。レオは額に手を当てると疲れ切った顔で言った。

「ジュリアス様……なぜ今更心変わりを？　つい先程の話し合いでは我らがこれ以上この国の問題に関わることは内政干渉にあたると言って、直接介入することには消極的だったではないですか」

「あの時と今とでは状況が違う。勝機があるのであれば多少のリスクには目を瞑ろう。レオ、お前も知っているだろう？　私は勝てる勝負しかしない主義だと。そして――」

「今がその時だと？　私には到底そうは思えません」

　両手を広げて訴えかけるようにレオは私に言った。

「この国に来てから我々は後手を踏まされることばかりで、目に見えている物の何が真実で何が偽りなのかも定かではありませんでした。そんな状況で今になってどうやって勝機を見いだしたというのですか？　ジュリアス様、貴方には一体何が見えているのです？」

何が見えている、か。確かにそれを言われると返答に困るな。

私とて勝機はあると言ったものの、それが確実かと問われれば首を縦に振るのは難しい。しかし、それにしても――

「レオ、お前は本当にスカーレットと血が繋がっているヴァンディミオン家の長子か？」

「何を言うのですか⁉　スカーレットとは実の兄妹ですし、私はれっきとしたヴァンディミオン家の長男ですが⁉」

レオが眉をひそめて珍しく声を荒らげた。いや、これは流石に失言だったな。

「あまりにも性格が真逆なものでな。許せ、言葉の弾みでついまろび出た」

「いくらジュリアス様とはいえ言っていいことと悪いことがあります！　まったく……」

冗談が通じないところは兄妹でよく似ているといえば似ているか。

ノリと勢いで生きている紅天竜騎兵団のような連中であれば御しやすかったのだが、さて。

レオにはきちんと私の行動の理由を説明してやらねばなるまい。

「私も以前であれば、敵地で常に不利な立場に置かれているこのような状況下において、勝機があるから攻めるなどという無責任な言葉は口が裂けても言わなかったであろう。だが――」

頭によぎるのは美しい銀髪を振り乱しながら拳を振るうご令嬢――スカーレットの姿だった。

いつからだろう。二手三手先を読む完璧で合理的だった私の策に、とりあえず殴って解決するなどという野蛮《やばん》な手段が当たり前のように組み込まれるようになったのは。

「お前の妹――スカーレットのことを見ている内に、どうやら私も知らず知らずの内に影響を受けていたようでな」

「えっ」

レオの顔が引きつるのも構わず私は言葉を続けた。

「自分の殴りたいという欲求を満たすためだけにまっすぐ目標に向かっていき、拳一つでどんな状況も打破《だは》してしまう。スカーレットの行動は一見、滅茶苦茶に見えて実際に滅茶苦茶なのだが――」

その様を想像してつい笑みがこぼれてしまった。まったく、あの狂犬姫ときたら。

心で思い描く度にいつだって私の頬を緩ませるのだから本当に性質が悪い。

「人の裏をかくことや自分の立場を有利にすることばかり考えている私達のような人間では、たどり着けない新しい未来を見せてくれる。そんな彼女の在り方に私が興味を惹かれるのは、至極当然のことだとは思わんか?」

実際のところ、スカーレットがまず手始めに奴隷《どれい》オークションの時にアルフレイム殿をブン殴らなければ、ヴァンキッシュ帝国の一勢力と同盟を結ぶなどという未来は決して訪れなかったであろう。

大陸史における数百年間においてパリスタン王国が決して成しえなかったことを、拳一つで成し遂げてしまう。

そんなスカーレットに夢中にならず影響も受けないでいられる程、私は老成《ろうせい》してはいない。

「今、不確定な状況下なのにもかかわらず私が攻めに転じている理由は……そうだな。私にもまだスカーレットのように後先を考えずに己の感情のまま行動をしたいという青さが残っていたということだろう。とどのつまり――」

髪をかき上げながら、フッと口元を緩めて私は言った。

「――たまには御託を並べずに力でねじ伏せるというのも悪くはあるまい？」

私の発言に紅天竜騎兵団の兵士達が「おおー！」と歓声を上げる。

彼らとしても理屈で従わせるよりこういった物言いの方が伝わりやすいだろう。

「それらしいことを言っても誤魔化されませんよ！　要は今がなんとなく好機に見えて勝てそうだから、ノリで攻め込んでしまえということですよね!?」

「レオよ、お前もようやくド真面目さが抜けて垢抜けた口調で話すようになってきたではないか」

「あの……一応秘密裏に潜入しようとしていることを忘れていませんか？」

先行していたシグルドが振り返り、呆れた顔でそう言った。無論、忘れてはいないとも。

「ああは言ったが、流石にこの抜け道を出たところで大量の兵に囲まれているなどといった状況でも特攻する程、私も無謀ではない。レオ、頼んだぞ」

「私の存在がこの攻勢を続行するか中止するかを判断する最低限の保険というわけですか……安心したやら、呆れたやら……」

ため息をついてからレオは姿勢を正すと、目を瞑ってつぶやいた。

「千里を見通す我が魔眼《まがん》よ――〝千里眼《クレアボヤンス》〟！」

加護の発動と共にレオが両目を見開く。

皇宮全体とまではいかずとも、この位置からであれば十分我々がこれから出る地上の範囲は、千里眼《クレアボヤンス》の視界に入っていることだろう。

　これがある限り、我々が待ち伏せを受ける可能性は限りなくゼロだ。

「さて、この攻勢が吉と出るか凶と出るか」

　それはこの千里眼《クレアボヤンス》の結果次第だ。

「……地下道の出口の墓地に一人だけ人影があります。これは……ファルコニアのケセウス殿ですね。どうやら我々が向かってきていることを認識しているようです」

「ダークエルフが得意としている魔法……土の精霊による感知か」

「おそらくは」

　我々が来ることを分かっていながら一人で待っている、というのは一体どういった了見なのか。

　伏兵を潜ませていない以上、あちらに戦う気はないようだが。

「……どう致しますか？」

　悩ましいところだが、ここまで来て相手がたった一人でいることを警戒して引き返すのはなんとも具合が悪い。

　こちらが多勢というのもそれに拍車をかける。

　なによりここまで半ば強引にノリでついてこさせた紅天竜騎兵団の連中がなんやかんやと文句を言うのをなだめるのも面倒だ。

「出るぞ。向こうもそれを望んでいるであろうしな」

　それから少し歩くと地下道は上り階段になっており、一番上には墓と思われる石の蓋が被さっていた。

それを数人がかりで下から持ち上げ力ずくで開けて外に出ると、辺りには一面の土が広がり等間隔に墓が並んでいる。

そして我々の眼前には事前の調べ通り、ケセウス殿が待ち構えていた。

「待たせたかな?」

私の問いにケセウス殿は首を横に振ると、無表情のまま口を開く。

「取引がしたい」

……取引ときたか。話し合いをしにきたことは何となく察しはついていたが、どんな条件を引き合いに出してくるのやら。

「我々はこの国から手を引く。フランメ殿の身柄も今そちらに渡そう。その代わり――」

無表情のように見えたケセウス殿の唇が、その瞬間だけわずかに震えたように見えた。

「魔を統べるいと尊きお方の一柱……白夜《びゃくや》の君に、私達は敵対する意志がないことを伝えてほしい」

◆　◆　◆

「白夜《びゃくや》の君……?」

ジュリアス様の口から出てきたその名前に、私は首を傾げます。

「ああ。ケセウス殿はそれだけ言うとフランメ殿を連れてきて、すぐに消えてしまった。どうもその白夜《びゃくや》の君とやらが我らに味方しているらしい。部外者でそのような者がいた記憶は私にはないが、さて何者だろうな」

そういって肩をすくめるジュリアス様。

部外者の味方と聞いて、私の脳裏にはすぐに黒ずくめのローブの方が思い浮かびます。

しかしあのお方は基本的には私の頭に直接語りかけてくるだけで、姿を見せたことは一度だけ、それもほんの一時のことでした。

それをケセウス様がはっきり私達の味方と認識しているとは考えづらいですし、そうなるとまた別の味方が存在しているということになります。

「……ずっと考えていたのですが」

シグルド様が自信がなさそうな顔で口を開きます。

「もしや皇宮で俺に助力してくれた方が、その白夜《びゃくや》の君だったのではないでしょうか？」

「『これから貴方に本当の暴力という物をご教授しましょう』などと、スカーレットのようなことを言っていたモノクルをかけた男の話か？」

ジュリアス様があげた殿方のセリフと特を聞いた私は、思わずシグルド様に詰め寄ります。

「シグルド様もグラハール先生に出会っていたのですか？」

「え、ええ。皇宮であわやのところを救っていただきました。フランメ殿が皇宮に幽閉《ゆうへい》されていることや、抜け道の地下道のこともその方から教えていただいたのですが……スカーレット様のお知り合いだったのですか？」

私はその場の皆様にグラハール先生が幼き頃に私の家庭教師をしていたこと。

つい先程、詰所《つめしょ》に一人で現れて私達を救ってくれたことをお話ししました。

「千人の兵士を無傷で蹴散らすか。にわかには信じられない化け物っぷりだな。シグルドの件といい、確かに明確に我ら側の味方をしているらしい。それ程の者がこちら側についていると知れば、ファルコニアの連中が引き上げるのも無理はないか。しかし――」

ジュリアス様が腕を組み、眉をひそめて困惑した表情で口を開きます。

「グラハールと言ったか。本当に何者だ？　その男が魔を統べる尊きお方だとか、白夜《びゃくや》の君と呼ばれている存在かどうかは定かではないが、私も一王国の皇子である以上、ある程度他国の名の知れた人物に関しても知識はある。だがそのような名前で家庭教師をしている男など一度も聞いたことがないぞ」

その場の全員が黙り込みます。ジュリアス様同様、この場の誰もがグラハール先生の名に聞き覚えがないのでしょう。

思えば私も先生からは様々なお話を聞かせていただきましたが、先生自身のことはほとんど聞いたことがありませんでした。

謎多き人だとは思っておりましたが、ここまで素性が知られていないとは驚きですわね。

「――魔大陸の住人じゃ」

不意に、ヘカーテ様がそんなことをつぶやきました。

皆様の視線が集中すると、ヘカーテ様は眉根《まゆね》を寄せて嫌そうな顔をしながらも話を続けます。

「魔を統べるいと尊きお方とは、魔大陸に座す王――魔王にその力を認められし四人の上級魔族〝四魔君〟のことを指す。白夜《びゃくや》の君はその内の一柱にして、人智《じんち》を超えた神にも匹敵《ひってき》する強大な魔力を持つ悪魔の名じゃ」

魔族とは魔大陸に住んでいると言われている人型の魔物の総称であり、魔大陸を覆う魔力の瘴気《しょうき》の中でしか生きていけないためロマンシア大陸で見かけることはまずありません。

上級魔族という言葉は初めて聞きましたが、おそらくは魔族の中でも強い力を持つ方々のことを指しているのでしょう。

「それが、グラハール先生の正体……？」

首を傾げてつぶやく私にヘカーテ様がうなずきます。

「ダークエルフが知っているのも納得がいく。奴らは遥か昔に魔大陸に渡ったエルフと魔族の混血《ハーフ》だからな。本人が会ったことがなくとも、親か祖父あたりから上級魔族の話を聞いていたのだろうよ」

長命種であり長く生きている竜人族のヘカーテ様は私達人間族が知らないような知識をたくさん持っています。

ただでさえほとんどが謎に包まれている魔大陸や魔族について、彼女以上に詳しい方はいないでしょう。ですが――

「確かに先生の暴力は人智《じんち》を超えてはいますが、世のため人のために暴力を振るうという素晴らしい教えを私に説いてくれたあのお方が、そんな禍々しい存在だなんてにわかには信じられません」

「悪魔にふさわしい禍々しい教えを正にしとるだろうが！」

声を荒らげた後、コホンと咳ばらいをしたヘカーテ様は、私からふいと顔を反らして言いました。

「妾も実際に見たことはない故、白夜《びゃくや》の君が本当に貴様の知るグラハールという者なのかどうかは知らぬ。魔族の話も何百年か前に、我がねぐらを訪れた吟遊詩人《ぎんゆうしじん》の男から無理矢理何度も繰り返し聞かされただけじゃ。そうでなければ誰が好き好んであのような穢れた大地に住む者共の話など覚えているものか」

ヘカーテ様のこのご様子。竜と魔族は共に長い時を生きる存在と言われておりますが、お互いの仲はあまり良好とは言えなそうですわね。

それも仕方ありませんか。魔大陸の住人……主に魔物はロマンシア大陸にいるすべての生物を憎んでいて、見るなり問答無用で襲いかかってきますものね。その魔物を統べる者ともあらば、人間族に友好的な彼女からしてみれば、嫌悪の対象としては十分過ぎるでしょう。

「そのような男が偶然ヴァンキッシュに滞在していて、スカーレットの窮地《きゅうち》に現れたというのは少々できすぎた話に思えるが……とりあえず今は我々の味方をしてくれたことに感謝しておくとしよう」

ジュリアス様がそう言うと、フランメ様は困ったように眉をひそめました。

「諸国を旅している途中で立ち寄ったと聞きましたが……私としてもなぜ身元も良く分からないグラハール殿を客人として受け入れたのか、自分でも不思議なのです。何かの術を掛けられたような覚えもありませんし」

素性が良く知れない上に強大な力を持つグラハール先生に対して、お二方が疑念を抱くお気持ちは分かります。

ですが決して勘違いだけはしないでいただきたく思います。

グラハール先生の出自がどういったものであれ、あの方の目的は決して邪悪なことではありません。世のため人のために悪党をブン殴って気持ちよくなるという、素晴らしいものなのですから。

「グラハール先生……次にお会いした時には、先生ご自身のお話をお聞かせくださるでしょうか……？」

詰所《つめしょ》の兵士達を蹴散らした後、おそらく先生はここには現れず、現れた時のようにいつの間にかいずこかへと去ってしまうことでしょう。

手助けをしてくれることはあれど、解答には自分で辿り着くように見守る。

だからグラハール先生は先生なのです。でも私が世のため人のために悪を殴っていれば、その先できっと。再び道は交わり、お会いすることも叶うと信じておりますわ。

「過ぎた話はここら辺にしておこう。今我々に必要なのは過去への回帰ではなく未来への模索だ」

パンパンと手を叩いてジュリアス様が話を止めます。

そうですね。気になることではありますが、私達にはまだこれからすべきことが残っております。

「現皇帝であるフランメ殿も奪還した。敵対勢力の一つであったイフリーテ率いる近衛兵団も最早機能していない。後はヴァルガヌスを捕らえるだけだ」

そう言ってから、ジュリアス様は隣にいるフランメ様に目配せをします。

フランメ様は私達の前に出ると、全員を見渡してから真剣な表情で口を開きました。

「皆様もご存じの通り、私が皇帝に選ばれたのは候補者の中で人望だけはあった私を利用し、裏から国を操ろうと画策したヴァルガヌスによって仕組まれたものです」

その場の全員がフランメ様に視線を向けます。不本意にも皇帝に祭り上げられて利用されていた彼が、一体何を口にするのか。

その一挙一動に注目するかのように。

「この騒動が解決次第、私は皇位を降りるつもりですが、それまでは現皇帝として兵士達に戦いをやめるように呼びかけて、ヴァルガヌスの野望の阻止に尽力するつもりです。これ以上、この帝都で無用な争いによる血が流れぬように」

フランメ様は深く頭を下げて、広間に響き渡る程の大きな声で叫びました。

「文字通りお飾りの王ではありますが、紅天竜騎兵団の皆。パリスタン王国の皆様。ヴァンキッシュ帝国の未来のために、どうか今しばし、ご協力をお願い致します！」


その日の夜。雲間からのぞく月が地上を暗い光で照らす中。

業火宮の二階のバルコニーに上がった私は、少し肌寒いヴァンキッシュの夜の風を浴びながら地上を見下ろします。

門の中と外には常に十人程の紅天竜騎兵団の方々が休憩を挟みながら入れ替わりで警備をしてお

り、ジン様を含む四騎士の方々が指示を出しながら夜襲を警戒しているようでした。

「ジン様が斥候の方から聞いた報告によれば、詰所《つめしょ》でグラハール先生に散々殴られたヴァルガヌス様の兵は大半が負傷していて、ボロボロになりながら皇宮に帰還したとのことでしたが」

魔法で治癒《ちゆ》するにもあの大人数の兵を治すには人手が足りないでしょうし、おそらく今日中にここが攻め込まれる危険はないかと思われますが、それでも警戒するに越したことはありませんからね。

ジュリアス様とフランメ様が寝ずの番を置くことを提案したのは賢明な判断かと思います。

「……今日は厄日じゃ」

不機嫌そうな声に振り返ると、背後でヘカーテ様が声音通りの不機嫌そうな表情で立っておりました。

「ごきげんよう、ヘカーテ様。月が綺麗な晩ですわね」

「白々しいことを……こちらは憂鬱《ゆううつ》な気分を紛らわせようと月を愛でに出てきたというのに、その憂鬱《ゆううつ》の原因を見ることになって最悪な気分じゃ」

フン、と鼻を鳴らしながらヘカーテ様は私の隣に歩いてくると、ふわりと身体を浮かせてバルコニーの手すりに腰掛けます。

「さっさと話せ。何か聞きたいことがあるのだろう」

「よく分かりましたね。ヘカーテ様は読心術も嗜《たしな》まれていらっしゃるのでしょうか」

「たわけ。妾と顔を合わせる度に、話しかけたそうにジロジロと見てくれれば誰でも気が付くわ」

あら、お恥ずかしい。ですが私の気持ちが逸るのも致し方ないことなのです。

なぜなら私がこの国にやってきたのは、元々このお話――レックスの病気の治療法を探すためだったのですから。

「〝心臓の誓い〟という言葉をご存じですか?」

私の言葉にヘカーテ様は眉を潜めると、こちらを振り向いて口を開きます。

「どこで、いや。誰にそれを聞いた」

「この国に来てから事あるごとに私に接触してくる、黒いローブでお顔を隠した殿方からお聞きしました。もしやあのお方に心当たりがおありですか?」

「そんな陰気な格好をした人間など知らぬ。だがあんな古の誓約を知っているということは、竜人族かあるいは……ふん。まあいい」

ヘカーテ様は舌打ちをすると、一呼吸置いてから再び話しを始めました。

「……確かに〝心臓の誓い〟で飛竜にかけられている呪いを誓約で上書きすれば、レックスの低地病を克服することは可能だろう」

「ではその方法を私にお教えいただくことは――」

「ダメじゃ」

有無を言わさないハッキリとした口調でそう言うと、ヘカーテ様は目を閉じて静かに語り出します。

「〝心臓の誓い〟とは深い絆で結ばれた竜と人間の魂を霊的に結び付け、命を分かち合う竜人族に伝わる秘術《ひじゅつ》。誓約によって魂まで結ばれた人間と竜は、加護を除いた互いが持つ能力や魔力までも分け合い、大きな力を得るであろう。だが、この誓いには一つ、大きな代償がある」

大きな利点のある魔術的誓約にはそれ相応の代償が存在するもの。

それは分かっておりましたが、たとえ危険があろうとレックスを連れ帰るためであれば私はどのような代償も支払うつもりでおりました。

ですが次の言葉を聞いた途端、私は自分の考えが甘かったことを痛感することになります。

「それは命の共有化だ」

命の共有化。聞いたことのない言葉ではありましたが、それがどういったことを意味しているか、私はすぐに想像することができました。

「どちらかが死ねば魂で繋がっている片側も即座に死に至る。それは負傷によるものだけでなく、寿命による死も同様に適用される」

片方が寿命によって死んでも、もう片方が死んでしまう。つまりそれは――

「つまりそれは千年以上の寿命を持つ竜人族のレックスが、精々が百年にも満たないわずかな寿命の人間族である貴様が死んだ時に、共に朽ち果てるということだ。この残酷な事実を知ってなお、誓約を結びたいと貴様は望むのか？」

その問いに、私は言葉を失ってしまいました。自分だけが代償を差し出して大切な家族を救えるのであれば、いくらでも応じましょう。

ですが、それをレックスに。それも命を代償に支払わせなければならないならば、私はどうあっても首を縦に振ることはできません。

「妾が〝心臓の誓い〟の存在を知っていて貴様に教えなかったのは、そうなると分かっていたからだ。そして今の話をもしレックスが知れば、それでも誓いを結びたいと言い出すかも知れぬ。だから──」

バルコニーから床へ下りたヘカーテ様が、私を指差して告げました。

「その時は貴様が責任を持って言い聞かせ、別れを告げるのじゃな。なにも永遠の別れというわけではない。貴様のことは好かぬが、たまにレックスに会いにくる程度であれば目を瞑ろう。分かったな？」

うなずくことも口を開くこともできずにうつむく私に、ヘカーテ様は背を向けて去っていきます。

そして彼女は去り際に一言だけ、消え入りそうな声でこうつぶやきました。

「……どれだけ望もうとも会えない相手がいる者を思えば、貴様のなんと幸せなことか」

私が顔を上げると、もうヘカーテ様の気配はどこにもいなくなっていました。

「……拳だけですべてが解決できれば、簡単ですのにね」

バルコニーの手すりに背を預けてつぶやくと、一陣の強い風が私の髪を揺らして視界を遮ります。

顔にかかる髪を指で押さえながらゆっくりと目を開くと、視線の先にはいつの間にか金髪の殿方──ジュリアス様が立っていました。

「ごきげんよう。ジュリアス様も月を見にここへ？」

気分が落ち込んでいるせいでしょうか。

どこか投げ槍《やり》になっているような口調で、微笑を浮かべてそう言うと、ジュリアス様は目を細めて言いました。

「――〝心臓の誓い〟など私は結ばせないぞ」

どうやら先程のヘカーテ様との会話を聞かれていたようですわね。

「……盗み聞きですか。ただでも悪かった趣味がさらに悪くなりましたね？」

皮肉の言葉を無視して、ジュリアス様が私に向かって歩み寄ってきます。おかしいですわね。普段なら軽口の一つでも返してきますのに。

もしや怒っていらっしゃるのでしょうか。

「狂犬姫と呼ばれる貴女は、これからも喜び勇んで危機に向かって飛び込んでいくのだろう。その時に私が加護で守ることができるのはスカーレット、貴女だけだ」

私の目前で立ち止まったジュリアス様が、まるで冗談が通じなそうな真面目な表情で言いました。

「テレネッツァの時のように背後に神がいるような強大な敵が相手だった時、私には貴女に加えてレックスまで守る余裕はない。故にそのような誓いを結ばせるわけにはいかないのだ。決してな」

……ああ、そういうことですか。

自分の目が届かない場所で私が勝手に自身の命を危険に晒すような誓約の話を進めていたから、そうはさせまいと釘を刺しにきたのですね。本来ならばここは私の身を案じて怒ってくれているジュリアス様に感謝するところなのかもしれません。ですが――

「――ふざけないで」

人を勝手に他国の皇子の婚約者にしたり、思わせぶりな素振りで愛を囁き私の感情を掻き乱したり。

挙句の果てには、貴女を守れなくなるから勝手なことをするな？

勝手なことばかりしているのはどちらですか。人の気持ちを弄ぶのもいい加減にしてください。

「貴方にとって、私は守られるだけのか弱い女ですか？」

「そこまでは言っていない。だが――」

「それに、たとえ一時的にレックスと共に暮らせるとしても」

言葉を遮り、真正面からジュリアス様を睨みつけます。怒っている？　怒りたいのはこちらの方ですわ。

「あの子の命を縮めるような誓約を私は決して結びません。そもそも結んだとしてもジュリアス様にそのことをとやかく言われる覚えはありません。一体何様のおつもりですか？」

怒りを露わにした私にジュリアス様は動じる様子もなく、静かな声音で言いました。

「悪いが口出しはさせてもらう。貴女は我がパリスタン王国にとってかけがえのない存在だ。少しでも命の危険が増すようなことを次期国王になる身として、看過することはできない」

……呆れた。今はほかでもなく私達二人のお話をしていますのに、よりにもよって国のためという言葉を言い訳に使われるのですね。

だったらこちらにも考えがありますわ。

「……ジュリアス様はただ国のために必要な存在だからという理由で、今まで私を気にかけていたのですね。よく分かりました」

バルコニーから出て行こうと、ジュリアス様の横を通り過ぎます。

「――待て」

背後から声がしたかと思うと、不意に腕を掴まれました。

そのまま私を抱き寄せてきたジュリアス様は、まっすぐにこちらの目を見つめながら口を開きます。

「……国のためだけではないということは、今更私が言わなくても分かっているだろう?」

「分かりません。だって貴方はいつも、肝心なことははぐらかしてばかりで本当の気持ちを口にしたことなんて一度もないではありませんか」

身をよじって掴まれた腕を振り解きます。

そこまで私が抵抗すると思っていなかったのか、ジュリアス様は眉をひそめて困惑の表情を浮かべました。

「この際なのではっきりと言っておきますが」

仕返しとばかりにジュリアス様の胸倉をつかんで、ぐいっとこちらに引き寄せます。

「本当に私を想っているのなら、ひねくれ者ぶって誤魔化そうとするのをおやめ下さい。いつまでもそんなことばかりしていると――」

間近に迫った彼の顔を睨みつけながら、私は低い声でつぶやきました。

「……貴方に愛想を尽かして、別の方の気持ちに応えてしまうかもしれませんよ?」

「っ」

目を見開いて言葉に詰まるジュリアス様から身を離します。ようやく余裕ぶった表情が剥がれましたわね。良い気味ですわ。

「おやすみなさいませ〝パリスタン王国の次期国王様〟。良い夜を」

皮肉たっぷりの言葉を残して、私はバルコニーを後にしました。

何か言いだけなお顔でジュリアス様は私に視線を向けておりましたが、知った事ではありません。

「……たまには弄ばれる側の気持ちを味わってみればいいのよ。ジュリアス様の馬鹿」

RC
Regina COMICS
最後にひとつだけお願いしてもよろしいでしょうか
原作 鳳ナナ
漫画 ほおのきソラ
1～8
アルファポリスWebサイトにて
好評連載中!
最後にひとつだけお願いしてもよろしいでしょうか
8
鳳ナナ
ほおのきソラ
飛竜レックスを救うため
再び共闘!!?
アルファポリス
123万部突破!!!!
シリーズ累計123万部(電子含む)
大好評発売中!
舞踏会の最中に、第二王子カイルから、いきなり婚約破棄を告げられたスカーレット。さらには、あらぬ罪を着せられて"悪役令嬢"呼ばわりされ、大勢の貴族達から糾弾される羽目に。今までずっと我慢してきたけれど、おバカなカイルに付き合うのは、もう限界! アタマに来たスカーレットは、あるお願いを口にする。——『最後に、貴方達をブッ飛ばしてもよろしいですか?』
無料で読み放題
今すぐアクセス!
レジーナWebマンガ
B6判/各定価:748円(10%税込)